Geschichten aus dem havana

Band 1

AF210433

Nimrodus

Geschichten aus dem havana

Band 1

2. überarbeitete Ausgabe

Nachdruck oder Vervielfältigungen, auch auszugsweise, bedürfen der schriftlichen Zustimmung des Autors.

Bibliografische Information der Deutschen Bibliothek:
Die Deutsche Bibliothek verzeichnet diese Publikation in der Deutschen Nationalbibliografie; detaillierte bibliografische Daten sind im Internet über < http://dnb.ddb.de > abrufbar.

© 2006 by Nimrodus

Herstellung und Verlag: Books on Demand GmbH, Norderstedt.

ISBN-10: 3-8334-6179-9
ISBN-13: 978-3-8334-6179-8

Alle Rechte liegen beim Autor

Für Sabine, eine wahre Freundin
mit inspirierenden Ideen und konstruktiver Kritik.

in Dankbarkeit...

Inhaltsverzeichnis

Vorwort 1

havana - traum.......................2

Einleitung 5

Episode 1 Nikki & Phil 13

Liebessehnsucht 46

Episode 2 Heiße Schokolade...........49

Wenn du lächelst 85

Episode 3 Liebes-Spiel...............87

Alles an dir 115

Episode 4 Verlust 118

havana-Ladys 139

Vorwort

Dieses Buch soll der Auftakt zu einer Reihe von Geschichten sein, wie sie das Leben schreibt oder aber schreiben könnte. Lassen Sie sich entführen in eine Welt, die mal romantisch, mal besinnlich oder auch lustig und sogar traurig sein kann. Für mich ist das havana hier in Alzey mehr, als nur ein inspirierender Ort. Meine Eindrücke finden sich wohl in allen Geschichten wieder und sind doch nur eine Facette der vielen Möglichkeiten. Lassen auch Sie sich verzaubern von den Menschen und ihren unterschiedlichen Schicksalen. Von den Geschichten, die vielleicht sogar auf die eine oder andere Weise hier geschehen sind. Wer weiß, vielleicht sind ja auch Sie schon ein Teil einer dieser Geschichten aus dem havana…

Dem havana - Team

havanna-traum

Du sitzt so fern von mir,
ich seh' dich durch den Raum,
schon oft sah ich dich hier,
doch du sahst mich wohl kaum.

Seit ich dich das erste Mal sah,
komm' ich nun ins havana so oft,
nahmst du mich bisher auch nicht wahr,
hab' ich darauf doch so sehr gehofft.

Und heut' seh' ich dich wieder,
sitzt gar nicht weit von mir fort,
deine Worte sind wie liebliche Lieder,
tragen mich an einen traumhaften Ort.

Und während ich so träume von dir,
schaust du mich das erste Mal an,
deine Blicke wandern herüber zu mir,
ich seh' zu dir, weil ich anders nicht kann.

Zum ersten Mal schau'n wir uns in die Augen,
ich wünsch' mir du könntest versteh'n,
dass Blicke zu mehr, als nur anschauen taugen,
denn nicht nur dein Lächeln ist wunderschön.

Immer öfter schaust du nun zu mir,
ich lächle mehr als nur freundlich zurück,
meine Aufmerksamkeit gehört ganz allein dir,
mit dir Zusammensein, wäre mein Glück.

So fasse ich mir nun ein Herz
und spreche dich einfach an,
zu groß wäre für mich der Schmerz,
gingst du heut' und ich hätt's nicht getan.

Bald sitzen wir zusammen am Tisch,
haben Augen, nur für uns ganz allein
und allmählich, da verliebe ich mich,
wünsch' mir sehr, auch bei dir würd's so sein.

Als es später dann Zeit wird zu gehen,
stellen wir beide mit Freuden fest,
wir müssen uns wieder sehen
und das Treffen wird sicher kein Test.

Schon jetzt kann ich's kaum erwarten,
wieder hier, ins havana zu gehen,
schon ein Tag ist zu lange zum Warten,
um dann dich endlich wieder zu sehen.

Bis heute ist viel Zeit vergangen,
längst sind wir beide ein Paar,
im havana fanden wir zusammen,
denn hier werden Träume noch wahr.

Einleitung

café bar havana

Das, am 26.02.96 eröffnete havana ist eine Café Bar und liegt in der Hospitalstraße, fast im Herzen von Alzey. Sein Ambiente ist stilvoll und doch gleichermaßen facettenreich, wie die Vielzahl seiner Besucher. Zu denen gehören Teenager genauso, wie auch die reiferen Altersgruppen der Alzeyer und seiner weiteren Umgebung.

Wer das ca. 125 m² große havana zwischen 9.^{00} und 1.^{00} Uhr (WE bis 2.^{00} Uhr) durch den Haupteingang betritt, begibt sich nach links an der Garderobe vorbei und steht nach wenigen Schritten, vor der im Viertelkreis angeordneten ersten Anlaufstelle des havana, der Bar mit ihren acht Barhockern.

Nicht nur durch ihre halbhohen Rückenlehnen laden die weich gepolsterten Barhocker zum zeitlosen Verweilen ein. Das ausnahmslos freundliche und jugendliche Personal begrüßt seine Gäste mit einem Lächeln auf den Lippen oder einem Handgruß, je nach Bekanntheitsgrad des Besuchers.

Die dreiundzwanzig massiven Holztische, sowie die gepolsterten Bänke und Stühle erwecken den Eindruck, die beiden Räume genauso zu bewohnen, wie die immer zahlreichen Gäste, an deren Gesichter man leicht ablesen kann, dass sich hier ausnahmslos alle wohlfühlen.

Was einem neuen Gast wohl als Erstes auffallen wird, ist der große, gerahmte Spiegel, welcher für sich auf der rechten Seite einen beachtlichen Teil der Wand beansprucht. Überdies spiegelt er sich selbst in der Decke, was ihn zu einem besonderen Blickfang macht.

Rechts von der Bar führt eine Tür zu den sauberen Toiletten, wo sich sogar ein, in der heutigen Zeit sinnvoller Weise angebrachter, Kondomautomat befindet. Zumindest auf der Herrentoilette, welche die von mir benutzte ist.

Links von der Bar geht es unter einem Durchgang, der von einem Stahlträger und Pfosten gestützt wird, in den zweiten, ca. fünfundvierzig m² großen Raum.

Auch hier sind die Tische vorwiegend als Zweier- oder Dreiergruppen arrangiert.

Die linke Außenwand ist mit einer durchgehend gepolsterten Holzbank versehen, welche es ermöglicht durch Zusammenstellen der Tische auch für größere Gruppen eine angenehme Gesprächsatmosphäre zu schaffen.

An der Wand gegenüber befindet sich, neben einer weiteren Zweier- und zwei Dreiergruppen, der Stolz eines der Besitzer.

Es ist das übergroße Plakat eines Wonderbra- Models, Adriana Karembeu, einer blonden, strahlenden und nur mäßig bekleideten Schönheit, die besagtes Ausstellungsstück bei einem » Treffen « in England, zur Freude seines jetzigen Besitzers signierte.

» To Michael with lots of Love «

Interessierten Gästen erzählt Michael, der zusammen mit Sascha das havana betreibt, vielleicht auch ab und zu die wahre Geschichte dieses schön anzuschauenden Blickfanges.

Neben dem Plakat steht eine fast raumhohe, künstliche Palme. Sitzplätze für die romantischen Verabredungen der Jugend oder der jung gebliebenen Gäste.

Links am Ende dieser so geschmückten Wand, befindet sich neben einer Tür zu diversen Lagerräumen, der für eine Café- Bar unentbehrliche Zigarettenautomat.

Ich möchte nicht behaupten, dass die überwiegende Anzahl der Gäste diesen auch nutzt, aber zumindest wird es einem Raucher hier nicht angelastet, wenn er zu seinem Cappuccino oder Whiskey, diesem Laster frönt.

Von jeder Stelle dieser, wohl nicht nur für mich so angenehmen Lokalität, hat man einen Blick auf und durch die,
mit Schriftzügen versehene, Glasfront der Vorderseite des
havana.

Hier haben Vorbeigehende die » einsichtige « Möglichkeit
nach einem, der nicht immer freien, fast neunzig Sitzplätzen
Ausschau zu halten, bevor sie das havana betreten. In den
warmen Monaten finden Besucher auch auf der Terrasse an
siebzehn Tischen einen von über fünfzig Sitzplätzen.

Nicht wenige sind es, die man an einem Abend mehrfach
vorbeigehen sieht, bis sie, einen freien Platz erspähend, das
havana betreten.

Innen vor der Glasfront des Nebenraumes hängen zwei
große, runde Kugellampen von der Decke. Sie erhellen mit
ihrem weichen und gedämpften Licht den Raum gerade soweit, dass Vorbeigehende auch Bekannte im Inneren erkennen können.

Über der Bank befinden sich, in einer teilweise abgehäng-
ten Decke, zahlreiche kleine Halogenlampen, welche mit ihrem angenehmen Licht für die restliche Beleuchtung sorgen.

Die nicht zu zahlreich, aber gut platzierten Bilder über der
Bank, bieten nicht nur den Verlegenen die Möglichkeit diese, durch Wegsehen, zu bewundern.

Kleine Kerzen in niedrigen Glasschalen auf jedem Tisch, runden neben den Lichtverhältnissen, auch die Atmosphäre ab.

Auf seine Art ist selbst das, an der Decke hängende Abluftrohr aus Edelstahl, mit seinen Lüftungsgittern und dem darüber befindlichen Kabelkanal ein Blickfang. Obwohl es nicht der schönste Anblick ist, gehört es doch genauso zum havana wie die Schönheit und der Spiegel.

Ich denke nicht, dass es je einen Gast gestört hätte, geht man doch ins havana um sich in angenehmer Gesellschaft zu unterhalten, die Menschen zu beobachten, Kontakte zu knüpfen, mit einer der hübschen Kellnerinnen zu flirten oder den Blickkontakt mit dem einen oder anderen Gast zu suchen.

Auch die Musik ist zu erwähnen, die laut genug ist um Gespräche an den Nebentischen nicht als störend zu empfinden.

Andererseits ist sie auch leise genug, um selbst ein Gespräch mit seinem Tischpartner führen zu können, ohne dabei laut reden zu müssen.

Alles in allem herrscht hier eine angenehme und ansprechende Atmosphäre, eben ein Ambiente, in dem man sich so ungezwungen geben kann, wie man ist.

Denn nicht auf besonderen, gehobenen Kleiderzwang achten zu müssen erhöht das Wohlbefinden.

Das havana ist ein Ort zum Wohlfühlen, was wohl auch die im steten Wandel besetzten Tische beweisen sollten. Doch ist das havana mehr als man auf den ersten Blick wahrzunehmen glaubt.

Es ist wie ein kleines, geheimes Universum mit eigenen Regeln und Gesetzen. Wenn ich durch die Tür gehe, fallen Stress und Ärger von mir ab und ich betrete einen Ort voller bezaubernder Magie. Hier gibt es keine Gewalt und keinen Streit, nur ein harmonisches Miteinander.

Es ist ein Ort schicksalhafter, menschlicher Poesie, angefüllt mit den unterschiedlichsten Ereignissen der Vergangenheit und Gegenwart, die so verschieden und facettenreich sind wie seine Gäste, mit all ihren Gedanken, Gefühlen und Erwartungen.

Frühstück

		€
7.	**Frühstück Havana**	**5,50**

Brotkorb, Butter, Marmelade, Honig, Nutella, Ei,
Aufschnittwurst, Käse, heißes Getränk nach Wahl . . . . . .

8. Italienisches Frühstück **6,00**
Brotkorb, Butter, Tomaten-Mozzarella, Salami am Stück,
ital. Schinken,u. versch. Käse, heißes Getränk nach Wahl.

9. Bauernfrühstück **5,50**
Bratkartoffeln mit Ei und Speck, heißes Getränk nach Wahl

10. Frühstücksbrot **5,50**
Fleischkäse auf Brot mit Spiegelei, heißes Getränk nach Wahl

11. Herkules Frühstück **4,00**
Müsli mit Milch, Fruchtsaft nach Wahl

12. Kleines Frühstück. **4,00**
2 Brötchen, Butter, Marmelade, Nutella,
heißes Getränk nach Wahl

13. Belegtes Brötchen **1,50**
Wurst oder Käse

14. Gourmet Frühstück für 2 Pers. **15,00**
Brotkorb, Butter, Marmelade, Honig, Nutella, Wurst, Käse,
Lachs, Tomaten, Mozzarella, Rühreier, 2 Gläser Sekt   (0,1 l),
2 Gläser Orangensaft (0,1l), 2 heiße Getränke nach Wahl

15. Rührei Natur **2,00**
aus 3 Eiern dazu Brötchen u. Butter

Rührei mit Speck **3,50**
mit Speck aus 3 Eiern dazu Brötchen u. Butter

16. Rührei mit Zwiebeln & Pilzen **4,00**
mit Zwiebeln und Champingnons aus 3 Eiern
dazu Brötchen u. Butter

17. Rührei mit Tomaten & Käse **4,00**
mit Tomaten und Käse aus 3 Eiern dazu Brötchen u. Butter

oder nach Wahl:

Brötchen **0,60**
Croisant. **0,80**
Portion Butter, Nutella **0,30**
Honig, Marmelade. **0,30**
Frühstücksei. **0,60**
Portion Lachs **1,80**

Heiße Getränke

	€
Tasse Kaffee koffeinhaltig, normal	1,50
Tasse Kaffee koffeinhaltig, groß	2,80
Tasse Espresso koffeinhaltig	1,40
Tasse Espresso koffeinhaltig, doppelt	2,60
Tasse Cappuccino koffeinhaltig	1,80
Tasse Cappuccino koffeinhaltig, mit Sahne	2,00
Tasse Schokolade mit Sahne	2,10
Tasse Milchkaffee koffeinhaltig, groß	2,10
Espresso Macchiato koffeinhaltig	1,60
Latte Macchiato koffeinhaltig, Glas	2,30
Tasse Milch mit Honig, groß	2,10
Glas Tee verschiedene Sorten	1,50
Glas Tee mit Rum 2 cl	2,90
Glas heiße Zitrone	1,50
Glas Glühwein (nur im Winter)	1,80
Caipheika	2,60
koffeinhaltig, Espresso, Eierlikör, Sahne	
Kahlua-white	3,10
Kaffeelikör mit aufgeschäumter Milch	
Marokino	2,00
Schokoladensauce, Espresso, aufgeschäumte **Milch**	
Kinder Cappuccino	0,50
aufgeschäumte Milch, Kakaopulver	

12

Geschichten aus dem havana

Episode 1

Nikki & Phil

» Hallo Nikki, würde dich zu gerne mal persönlich kennen lernen, wie wär's, hast du Lust heute Abend mit mir was trinken zu gehen? «, tippt Phil mit zittrigen Fingern und klopfendem Herzen in seine Tastatur.

Phil ist 25 und chattet nun schon seit zwei Wochen jeden Abend mit Nikki. Er genießt die abendlichen Stunden vor seinem PC sehr und freut sich den ganzen Tag darauf nach Hause zu kommen, den Rechner einzuschalten, sich ins Netz einzuwählen und den Chat mit Nikki zu beginnen. Manchmal wartet auch schon eine Nachricht von ihr darauf, dass er sich einloggt und sie abrufen kann.

Nikki weiß, wann er normalerweise zu hause ist. Sie weiß, dass er von morgens 7 bis mittags 16 Uhr in einer Mainzer Firma als Kalkulator arbeitet. Wenn er nicht gerade Überstunden machen muss, ist er fast immer viertel vor fünf zu hause. Sein erster Weg führt ihn immer zum PC, wo er erwartungsvoll sein ICQ öffnet und nach einem » Hallo Nikki, wie war dein Tag « oder » Endlich zu hause «, auf Antwort seiner Angebeteten wartet.

Nikki sitzt zu der Zeit schon länger am Rechner und wartet bereits auf Phils » Hallo « ebenso ungeduldig, wie er auf ihre Antwort darauf.

Sie ist 20 und Studentin an der UNI Mainz. Sport und Sprachen mit Schwerpunkt französisch, was Phil schon zur einen oder anderen humorvollen Zweideutigkeit veranlasste.

Nikki pariert diese, noch nicht mal anzüglichen Seitenhiebe mit den passenden ironischen Antworten wie:

» Kannst du Französisch auch sprechen oder nur dran denken? «

Sie kommunizieren recht unbefangen in den nächtlichen Stunden am PC. Als sie nach der ersten Kontaktaufnahme in einer Singlebörse zum privateren Chat über ICQ wechseln, öffnen sie sich langsam ihrem Gegenüber hinter der Glasscheibe ihrer Monitore.

Phil wohnt in Alzey in einer Singlebude eines Vierfamilienhauses im alten Stadtkern. Er mietete die Wohnung vor fast einem Jahr, als er die neue Stellung in Mainz angenommen hatte.

Nikki wohnt noch bei ihren Eltern mit ihrer 2 Jahre jüngeren Schwester. Sie leben in Flonheim, einem größeren Ort der Verbandsgemeinde Alzey.

Vor einigen Tagen hatten sie per E-Mail Bilder ausgetauscht, nicht ohne den obligatorischen Hinweis, dass sie auf den Fotos nicht von ihrer Schokoladenseite zu sehen seien.

Nikkis Bild zeigt eine junge hübsche Frau, sehr schlank, mit über schulterlangem und glänzend schwarzem Haar, das von roten Strähnen durchzogen ist. Sie trägt eng anliegende helle Jeans, die ihre wohlgeformten Beine nicht vor Phils sehnsuchtsvollen Blicken verbergen können. Ein schwarzes T-Shirt mit dem Aufdruck

» Made by Nature «, das noch enger an ihrem Körper liegt als die Jeans, betont nicht nur ihre schmale Taille.

Die sinnliche Art, wie sie neben ihrem PC an der Schrankwand lehnt, lässt den einzigen Makel des Bildes zu einem kaum beachtenswerten Fehler schrumpfen.

Die roten Pupillen.

» Nein du Spaßvogel, ich hab blaugrüne Augen «, schreibt Nikki zurück, als Phil, nach Erhalt des Bildes sich die Bemerkung, » wow, du hast ja rote Augen « nicht verkneifen kann.

Phils Foto zeigt ihn mit einem Freund beim Einrichten seiner Wohnung, was das Chaos im Hintergrund vermuten lässt. Er kommentiert es mit den Worten:

» Ich bin der besser Aussehende von den Beiden, also der Rechte … sorry, habe leider kein Besseres finden können. «

Auf dem Bild trägt er eine hellblaue Latzhose aber kein T-Shirt oder Hemd, was durch den leicht glänzenden Oberkör-

16

per auf eine schweißtreibende Tätigkeit schließen lässt. Die Träger seiner Latzhose verdecken neben seiner linken Brustwarze nur einen Teil seiner, nicht übermäßigen aber doch gut zu erkennenden Brustbehaarung. Der Kurzhaarschnitt seiner dunkelbraunen Haare und der Dreitagebart machen ihn, mit seinem offenen Lächeln und dem sichtbar muskulösen Oberkörper, zu einem durchaus attraktiven Mann.

So profan es auch klingen mag, aber es scheint ein glücklicher Zufall zu sein, dass beide das Konterfei ihres Chatpartners mehr als nur ansprechend finden.

Beim Blick auf Nikkis Foto war Phils überraschter Gesichtsausdruck und sein geflüstertes » waaau, was für ein Mädchen « eigentlich auch keine wirklich überraschende Reaktion. Wenn sie, wie an den letzten Abenden immer öfter telefonieren, starrt Phil nur auf seinen Bildschirm, während er Nikkis warmer und melodischer Stimme lauscht.

Er hat das Bild sofort zum Hintergrund seines Desktops gemacht, als er es mit Nikkis Mail erhält.

» Hab ich auch schon gemacht « gibt Nikki ohne Zögern zu, als Phil ihr, bei ihrem ersten Telefonat davon erzählt. Recht offen und mit jedem Telefonat vertrauter werdend, reden sie über all die kleinen Details, die man an einem Foto nur ausfindig machen kann, wenn man es für längere Zeit vor Augen hat. Wenn man sich über jede noch so kleine Entdeckung freut, mit der man das Gespräch noch einige Minuten hinausziehen kann.

Bis man sich dann gegenseitig eine gute Nacht und angenehme Träume wünscht. Doch bevor man diese, für beide anregenden Gespräche beendet, nutzen beide jede Gelegenheit, diesen Punkt so lange als möglich aufzuschieben.

Da sie ihre Telefonate jedes Mal im Chat mit Sätzen wie: » kann ich dich kurz anrufen? «, ankündigen, will Phil den Chat heute anders beginnen.

Er will Nikki endlich treffen. Nicht länger nur ihr Bild betrachten und sich jeden Tag mehr danach sehnen sie leibhaftig vor sich zu sehen. Und so ist heute der Tag X, die Stunde der Wahrheit und des Herzklopfens. Er tippt die Worte flüssig in die Tastatur, muss jedoch einige Tippfehler korrigieren, bevor er die Entertaste zum Absenden der Nachricht drücken kann.

Er ist aufgeregt, ein Beweis dafür, dass er nicht zu den abgebrühten Aufreißern gehört, für die es ein Sport ist, sich mit möglichst vielen Mädchen zu verabreden.

Wenn man es genau nimmt, gehört Phil sogar eher zu den schüchternen Vertretern des männlichen Geschlechts.

Ein Umstand, dem er es zu verdanken hat, dass er und Nikki sich, durch die langen Chats und Telefonate, schon recht gut kennen.

Im Chat ist da immer noch der Bildschirm als dünne Trennlinie, hinter der man einen Teil von sich verstecken kann. So hatte Phil die Möglichkeit sich langsam zu öffnen, ohne die Gefahr, Nikki vielleicht mit einem zögerlichen oder erstaunten Gesichtsausdruck einen falschen Eindruck von sich zu vermitteln.

Nikki ist da in ihrer Art selbstbewusster als Phil. Mit ihrem etwas forscheren Auftreten im Chat, hat sie oftmals die Richtung ihrer Gespräche in bestimmte Bahnen gelenkt und so fast immer von Phil erfahren, was sie gerade interessiert. Auch wenn sie schon einige versteckte Andeutungen zu einem Treffen fallen ließ, wollte sie Phil jedoch noch nicht der Möglichkeit berauben den ersten Schritt zu tun.

Bei ihrem letzten und auch ersten festen Freund, hatte sie es im Nachhinein als falsch empfunden, den ersten Schritt gemacht zu haben. Es war nun über ein halbes Jahr her seit der Trennung und Nikki genoss dieses angenehme und überaus prickelnde Gefühl während ihrer Chats und Telefonate mit Phil.

Die Zeiten ihrer Vorlesungen ermöglichen es Nikki fast immer am PC zu sein, wenn Phil nach der Arbeit seinen Rechner einschaltet und ihr ICQ das Erscheinen eines neuen Users in ihrer privaten Kontaktliste meldet.

Vor einer Minute erschien Phils » Nick « in der Liste mit dem runden Kreis vor dem Namen, der den Status » erreichbar « signalisierte. Sie hat sofort sein Chatfenster geöffnet und bereits mit dem Verfassen einer neuen Begrüßung begonnen, als Phils Text erscheint.

» Hallo Nikki, würde dich zu gerne mal persönlich kennen lernen, wie wär's, hast du Lust heute Abend mit mir was trinken zu gehen? «

Na also, sagt sich Nikki mit einem freudigen Grinsen, es geht doch und nachdem sie ihren soeben begonnenen Text wieder gelöscht hat, schreibt sie schnell die Antwort.

» Gerne «

Nach dem Betätigen der Entertaste, ist Phil zu nervös um sitzen zu bleiben. Er läuft vor seinem Schreibtisch auf und ab, ohne den Blick vom Bildschirm zu nehmen. Das akustische » Kling « des Nachrichteneingangs ist nicht nötig, um Phils Aufmerksamkeit auf den soeben erschienenen Text zu lenken. Er bleibt stehen, beugt sich zum Bildschirm vor und liest.

» Gerne «

Sofort setzt er sich wieder hin und beginnt zu schreiben.

» Kennst du das havana hier in Alzey oder möchtest du lieber wo anders hin? Ich hole dich auch gerne ab …«

» Enter «

» nein, möchte ich nicht … ich meine ja, kenne das havana, ist ein guter Platz, sehr nett dort, würde mir gefallen … aber abholen brauchst mich nicht, mein Smart bringt mich schon bis Alzey…*g* «

Schade, denkt Phil, so kann ich sie natürlich auch nicht nach Hause fahren. Aber zumindest hat sie nicht abgesagt und endlich werd` ich sie sehen.

» Welche Uhrzeit wäre dir denn recht, acht, halb 9 oder neun? «, tippt Phil ein und wartet, mit gebanntem Blick zum Bildschirm, auf Antwort.

» 8 Uhr wäre mir recht. Treffen wir uns im havana? «

Je früher, desto besser, sagt Phil halblaut zu sich selbst und schreibt » werde dir einen Platz frei halten … *g*. «

Nikkis Text, » das will ich doch auch stark hoffen «, mit einem augenzwinkernden Smiley, kommt prompt.

» Kennst du einen Parkplatz in der Nähe, gebe dir sonst gerne 'nen Tipp? «

» Danke, ich war auch schon mal in Alzey «, kommt die Antwort, diesmal mit einem Smiley, welches zum Augenzwinkern auch noch die Zunge rausstreckt, was die Ironie in ihrer Anspielung unterstreichen soll.

Sie denkt gerade daran, dass sie mit ihrem Exfreund auch einige Male im havana war. In der Nähe gibt es genügend Parkplätze, die weniger als eine Minute Fußweg entfernt sind. Einige sogar fast vor der Tür, andere auf oder in der Tiefgarage einige hundert Meter weiter.

Allerdings war sie seit damals noch öfter mit ihren Freundinnen im havana, was es ihr leichter machte, nicht nur die Besuche in Begleitung ihres Ex mit dem havana zu verbinden.

Sie hatte hier viele Stunden mit Moni, Tina, Annika und Sabine gesessen und einen nicht unerheblichen Teil dieser Zeit über die Unzuverlässigkeit der Männer und ihrer schlechten Angewohnheiten gelästert.

Jetzt freut sie sich wieder darauf, weil sie dort Phil zum ersten Mal » live « sehen wird. Und sie wartet gespannt auf Phils Reaktion über ihre, etwas bissige Antwort, zu seinem Parkplatzvorschlag.

» Hab ja nur gefragt «, kommt seine Antwort, deren gespielte Beleidigung beide belustigt.

» Du Phil, Mutti war gerade hier, sie will heute noch einkaufen und weil Paps heute später nach Hause kommt, möchte sie, dass ich mit ihr fahre. Melde mich später, wenn wir wieder da sind, ok? «

Phils Antwort darauf ist nicht ohne Bedauern, die sich, gerade für ihn so angenehme Veränderung in ihrer Unterhaltung, so abrupt beenden zu müssen.

» Sicher, np* ich bleibe on «, ist jedoch alles, was er darauf schreiben kann.

Dass Nikki noch die Kosenamen ihrer Eltern benutzt, als sie über ihre Mutter und ihren Vater schreibt, deutet darauf hin, dass sie sich mit ihnen gut versteht und sie wohl ein harmonisches Familienleben führen.

Aber ein solcher Gedankengang kommt Phil gar nicht in den Sinn. Ebenso wenig, dass es eine Ausrede von Nikki sein könnte, sich neben dem Chat mit ihm genügend Zeit zu verschaffen, um sich auf das bevorstehende Treffen vorbereiten zu können.

---

*np = no Problem (Im Chat werden viele Abkürzungen benutzt)

Phil schwebt geistig in anderen Sphären. Er malt sich das Treffen mit Nikki in den angenehmsten Situationen aus, während er in den Flur geht und seine Schuhe auszieht.

Er ist so voller Anspannung und Hoffnung nach Hause gekommen, dass er sie noch immer an den Füßen hat, genau wie seine Jacke, die er noch immer an hat.

Nur mit halbem Kopf sucht er sich frische Wäsche zusammen und lässt gedankenverloren Wasser in die Badewanne. Das Badezimmer ist zwar nicht klein, aber da die Waschmaschine in einer Nische ihren Platz hat, wurde bei der Renovierung der Wohnung vor vier Jahren auf den Luxus einer Dusche verzichtet.

Sehnsucht ist schon ein mächtiges Gefühl, denkt Phil, als ihn das Gurgeln des Wannenabflusses aus seinen Träumen holt. Er hat vergessen den Excenter zu schließen, als er den Hahn öffnete, um das Wasser einzulassen.

Er geht noch mal ins Wohnzimmer an den PC zurück, um die Lautstärke seiner Boxen weiter aufzudrehen, damit er im Bad auch ankommende Nachrichten hören kann. Während Phil in die Wanne steigt und sich seinen hoffnungsvollen Träumen hingibt, ist Nikki gerade dabei ihr viertes Outfit kritisch vor dem Spiegel zu betrachten.

» Sag schon, was meinst du «, fragt sie ihre Schwester,

» denkst du das passt eher zu einem ersten Treffen? «

» Nein, passt es nicht «, ist der kurze Kommentar von Lisa, » zeig nicht gleich zu viel von deinen Reizen, er könnte auf falsche Gedanken kommen. Bei deiner Figur ist eh` nicht viel Platz für männliche Fantasie, gib dem armen Kerl wenigstens die Chance noch was an dir zu entdecken, das nicht gleich auf den ersten Blick zu sehen ist. «

» Tut mir leid Schwesterchen, aber meine Nonnenkutte ist gerade in der Reinigung «, ist Nikkis sarkastische Antwort auf Lisas vernünftigen und eigentlich auch verständlichen Ratschlag.

Aber Lisa kann ja auch leicht mit vernünftigem Rat hausieren gehen. Sie ist es schließlich nicht, die kurz vor ihrem ersten Rendezvous mit Phil steht, sondern Nikki und die will sich verständlicherweise nur von ihrer besten Seite zeigen. Sie will, dass Phil die Augen herausfallen und ihm der Mund offen stehen bleibt, wenn er sie zum ersten Mal sieht.

Nach vielen weiteren Versuchen wird es dann doch eine Jeans, diesmal eine Schwarze.

Sicher ist sie genauso gut geschnitten wie die Hellblaue, die sie auf dem Foto trägt, das sie Phil geschickt hat.

Nicht ohne Hintergedanken wird aus der Bluse letztendlich ein unifarbenes T-Shirt ohne auffälligen und wohl eher nicht passenden Aufdruck.

» Du darfst den ersten Lehrsatz der Frauenbibel nicht vergessen «, sagt Lisa mit einem breiten Lächeln auf den Lippen. » Männer können besser sehen als denken, wobei es mit seinem Denken wohl eh vorbei sein dürfte, wenn er dich sieht «, grinst Lisa ihre Schwester an.

Lisa ist ein wenig eifersüchtig auf die Figur ihrer älteren Schwester. In ihren Augen hat sie einen perfekten Körper. Lange und kerzengerade Beine, sehr betonte, aber schmale Hüften und einen genauso straffen Po wie ihr Bauch. Selbst ihre zwei absolut gleichmäßigen und nicht zu üppigen Brüste scheinen für ihren Body maßgeschneidert zu sein.

Dass Nikki, nicht nur durch den täglichen Sport für ihr Studium, an ihrem Körper arbeitet, verdrängt Lisa nur zu gerne. Sie selbst treibt weniger Sport und ist etwas kleiner als Nikki. Selbst wenn ihre genauso gerade sind, hat sie doch nicht so schöne lange Beine wie ihre Schwester. Auch sind ihre Hüften nicht so betont wie Nikkis, was wohl der eigentliche Grund für ihre innere Unzufriedenheit mit dem eigenen Körper ist.

26

Aber sie liebt ihre Schwester und weiß, dass sie Nikki wegen ihrem schönen Körper keinen Vorwurf machen kann. Sie darf sich ja immerhin auch ihre Klamotten ausleihen und das meist sogar ohne, den unter Schwestern sonst üblichen, Zank und Streit.

Die Zeit scheint doppelt so schnell zu vergehen wie noch am Vormittag. Während Phil schon kurz nach halb acht nervös auf der Bank hinter einem der Tische sitzt, ist Nikki unter den strengen Augen ihrer Schwester gerade dabei das wenige Make-up aufzutragen, das ihr makelloses Gesicht eigentlich gar nicht braucht.

» Nicht zu viel «, gibt Lisa genauso beim Auftragen der Wimperntusche, wie beim Nachziehen des Eyeliners, als Kommentar ab.

» Wahre Schönheit kommt eben von innen, große Schwester «, setzt sie dann nach.

» Ich denke Männer können besser sehen als denken, also sind farbliche Nuancen doch eher von Vorteil «, kontert Nikki, worauf Lisa nur noch mit einem herzlichen aber ernst gemeinten Lächeln abwinkt.

» Wenn du zu deinem ersten Date nicht zu spät kommen willst, solltest du dich langsam mal auf den Weg machen «, ermahnt Lisa ihre Schwester mit einem stirnrunzelnden Blick auf ihre Armbanduhr. Den Arm hält sie dabei absichtlich nahe vor Nikkis Augen.

» Hast Recht Kleines «, kommt in einem leicht gereizten Ton die Antwort.

» Du sollst mich nicht Kleines nennen, die vier Zentimeter fallen gar nicht auf, zudem kommt auch wahre Größe von innen «, kontert Lisa sofort.

Nikki schaut ihr in die Augen.

» Hast Recht Schwesterchen, sorry, aber bin eben ein wenig äh …«

» Aus dem Häuschen? «, ergänzt Lisa den begonnenen Satz.

» Schon gut, schwirr ab, sonst holt der Hibbelige noch die Bullen, wenn du zehn Minuten zu spät erscheinst. «

Immerhin sind sie Schwestern und wenn sie sich, aus einem undefinierbaren Grund auch besser verstehen, als es unter Geschwistern üblich ist, so gehören doch kleinere Geplänkel auch zu ihrem Leben. Wäre ja sonst auch nicht auszuhalten, gibt eine von ihnen immer zu, wenn sie gerade mal wieder eine ihrer kleinen Streitereien begraben.

» Zu spät kommen, das Vorrecht der Frauen «, murmelt Phil nach einem weiteren Blick auf seine Uhr. Drei Minuten nach acht. Viertel nach sieben hatte Nikki ihn noch mal angechattet. Sie hatte sich vom Einkaufen zurückgemeldet und recht schnell den Chat mit den Worten:

» Wir sehen uns dann im havana, muss mich noch umziehen … *winke* «, beendet.

Phil hält es nicht mehr lange in der Wohnung. Er wird zunehmend nervöser und fasst schließlich den Entschluss ins havana zu gehen. Er hat ja zehn Minuten zu Fuß und wenn er langsam geht, ist er immer noch früh genug da, um einen Platz zu finden.

Viel zu früh ist er dort und seine Nervosität will sich einfach nicht legen. Er sitzt im vorderen Drittel des Raumes auf der langen Bank mit dem rotbraunen Lederbezug, die sich fast an der ganzen Wand entlang zieht. Er will möglichst viel von der durchgehenden Glasfassade im Auge behalten können, um Nikki auch rechtzeitig zu entdecken. Seit er hier ist, kommen eine Menge Leute ins havana. Er beobachtet jeden der durch die großen Glasscheiben auf der Straße zu erkennen ist und natürlich alle, die durch die Eingangstür ins havana kommen.

Einige winken dem Personal hinter der Bar zu und gehen für einen kurzen Plausch an den Tresen. Andere haben nur Augen für einen der wenigen freien Tische und laufen zielstrebig auf diesen zu. Drei kleinere Gruppen sind in den letzten Minuten eingetroffen. Alles Mädchen und Eine hübscher anzusehen als die Andere.

Aber Phil hat keine Augen für sie. Sie scheinen für ihn alle unter 16 zu sein, was er am schnatternden Gerede und dem lauten Lachen zu erkennen glaubt.

Aber auch fünf Pärchen hat er ins havana kommen sehen. Bei Einem sind Mann und Frau über vierzig, die anderen Paare sind wohl alle zwischen 20 und dreißig.

Neidisch schaut er hin und wieder verstohlen zu dem Pärchen, das schräg gegenüber von ihm, neben dem Zigarettenautomaten Platz genommen hat.

Dieser Tisch ist von außen nur schwer zu sehen und ist Phils stille Wahl gewesen. Der Platz ist ideal, wenn man seinem Gegenüber nicht nur tief in die Augen schauen will, sondern auch seine Lippen nicht von denen des Anderen lassen kann, ohne dabei von zu viel Publikum beobachtet zu werden.

Phil hat bis dahin gehofft, dass eben genau dieser Tisch frei bleiben würde.

Denn sollte zwischen ihnen tatsächlich der zündende Funke springen, gibt es im havana keinen besseren Tisch als diesen. Allerdings kann der Zündvorgang nur noch von Nikki verhindert werden, denkt Phil, denn er steht schon seit Längerem mehr oder weniger in Flammen.

Dieses bezaubernde Mädchen auf dem Foto geht ihm seit seinem ersten Betrachten nicht mehr aus dem Kopf. Als er dann noch ihre angenehme Stimme am Telefon hörte, war sein Schicksal wohl schon besiegelt.

Er kann schon seit einigen Tagen kaum noch einen klaren und zusammenhängenden Gedanken fassen, ohne dass ihm ständig Nikkis Bild vor sein inneres Auge tritt.

In seinem Kopf ist sie nicht auf das bewegungslose Bild seines Desktops begrenzt. Wenn er an sie denkt, bewegt sie sich anmutig in wunderschönen Kleidern auf ihn zu und lächelt ihn jedes Mal mit ihrem sinnlichen und verführerisch glänzenden Mund an.

Mehr als einmal hat er sich vorgestellt sie steht ganz nah vor ihm und schaut ihm tief in die Augen.

Dann berühren ihn sanft die Spitzen ihrer Brüste, während sie ihre Arme um seinen Nacken schlingt und ihn fordernd ansieht. Er streicht ihr jedes Mal mit einer Hand sanft durch ihr offenes Haar und kann die tiefe Schwärze und den seidigen Glanz der ihn so faszinierenden roten Strähnen fast spüren. Seine andere Hand sucht sich derweil einen Weg zu ihrem Nacken, wo sie mit leichtem Druck Nikki langsam zu ihm zieht bis sich ihre …

» Ich hoffe du wartest noch nicht lange. «

Phil schreckt aus seinem sehnsuchtsvollen Tagtraum und wendet den Kopf vom Fenster, auf das er wohl die ganze Zeit gestarrt hat. Nikki steht vor ihm und streckt ihm ihre Hand entgegen.

» Hallo Phil «

Phil, der erst den Weg aus einem anderen Universum zu suchen scheint, steht auf und ergreift ein wenig zu fest, Nikkis Hand.

» Nicht so fest, ich lauf ja nicht gleich wieder weg «, sagt sie mit einem warmen Lächeln auf den tatsächlich glänzenden Lippen.

» Oh, Verzeihung, ich wollte nicht …« beginnt Phil eine Entschuldigung zu stammeln.

» War gerade in Gedanken. «

» Hab ich bemerkt «, erwidert Nikki mit einem Grinsen.

» Wo warst du denn gerade? Muss sehr weit weg oder sehr schön gewesen sein «, setzt sie mit dem gleichen Grinsen fort.

» Ja, ich war gerade - ach, nicht so wichtig «, lügt Phil, dem es überaus peinlich ist, dass er Nikki nicht sofort bemerkte, als sie das havana betreten hatte.

Sein Unbehagen ist ihm anzusehen, aber Nikki vermied es dankbarer Weise, auf diesen Patzer näher einzugehen.

» Setz dich doch «, sagt er, als er realisierte, dass sie beide noch stehen und er noch immer ihre Hand in der Seinen hält.

Nun fällt ihm auch auf, dass einige Gäste verstohlen in ihre Richtung blicken und alle mit einem vielsagenden Schmunzeln im Gesicht.

» Moment «, sagt Nikki und beginnt die Knöpfe ihrer schwarzen Lederjacke zu öffnen, was Phil dazu veranlasst schnell hinter sie zu treten und ihr beim Ausziehen behilflich zu sein.

Dass auch dieses Verhalten in der gegenseitigen Emanzipationsphase der Geschlechter, zumindest bei den jüngeren Generationen, nicht mehr zum Standard gehört, erkennt Phil an den amüsierten und teils auch bewundernden Blicken der anwesenden Damenwelt.

» Lass sie ruhig hier, ich hab sie gern bei mir «, sagt Nikki, als sie seinem Blick zur Garderobe begegnet.

Er hängt ihre Jacke über die Stuhllehne und macht schnell die zwei Schritte zur Bank. Er will sich setzen, um dem Rampenlicht zu entkommen, das sich aus allen Ecken auf ihn zu konzentrieren scheint. Sie nehmen fast gleichzeitig Platz und zum ersten Mal sieht er Nikki richtig an.

Sie ist wunderschön.

Sie trägt ihr schwarzes und seidig glänzendes Haar offen und im Licht der Halogenlampen über ihm glitzern ihre roten Strähnen wie kleine Lavaflüsse auf einem sich sanft bewegenden Berghang.

Durch den schmalen Spalt zwischen ihren Haaren und der Wange kann er an ihrem linken Ohr drei silberne Ohrstecker entdecken, die durch ihre leichte Schräghaltung des Kopfes auf dem Foto, von ihrem Haar verdeckt werden. Auch ihre blaugrünen Augen sind von einem strahlenden Glanz, wie ihn Phil schon lange nicht mehr gesehen hat.

» Gefallen dir meine Augen? « fragt ihn Nikki und ihm wird bewusst, dass er wohl etwas zu lange von ihren Augen fasziniert war.

Scheiß Testosteron, denkt Phil, er weiß um die Wirkung einiger Hormone des menschlichen Körpers und Testosteron kann einen Mann zum Deppen machen.

Da hast du den Beweis, nimm dich zusammen, sagt er sich, aber antwortet sogleich auf Nikkis Frage. Er will versuchen das Ruder wieder in die Hand zu nehmen und herum zu reißen.

» Oh ja, sie gefallen mir sehr, sie sind bezaubernd und müssen etwas Magisches haben, weil ich den Blick nicht von ihnen lassen kann. «

Nikki lächelt ihn an, was sie für ihn nur noch bezaubernder macht.

» Danke für das Kompliment, das hat mir noch keiner gesagt, zumindest nicht so. «

Obwohl Phil genau das Gegenteil erreichen wollte, spürt er, wie sich ein Großteil seines Blutes auf den Weg zu seinem Kopf macht.

Mist, denkt er, sie war eigentlich mit Rotwerden dran. Etwas verlegen senkt er den Kopf und blickt auf den Tisch, wo ihm die Speisekarte ins Auge sticht. Dankbar für diese Möglichkeit, nimmt er die Karte aus der Halterung, dreht sie um und reicht sie Nikki.

» Was möchtest du trinken «, fragt er und schaut sie an, in der Hoffnung, das Rot sei verflogen oder sie habe es nicht bemerkt.

Nikki nimmt die Karte, faltet sie auf und lässt ihre Augen über die angebotenen Getränke schweifen.

Allerdings wusste sie schon zu hause, dass sie als Erstes einen Cappuccino bestellen würde. Das tat sie immer, seit sie mit ihren Freundinnen das havana zum Klönen aufsuchte.

Aber sie wollte Phil jetzt nicht ansehen, sie wollte ihm Gelegenheit geben etwas Farbe zu verlieren. Denn selbstverständlich hatte sie seine Körperreaktion auf ihren Satz hin bemerkt. Sie hatte sofort ihren Blick von seinem Gesicht genommen, aber Phil konnte es nicht mehr bemerken, weil er seinerseits versuchte, diese Reaktion zu verbergen.

Er konnte nicht wissen, wie sehr sich Nikki im Verborgenen darüber freute. Er ist kein abgebrühter Aufreißer, der mit Komplimenten umgeht wie andere mit Werkzeugen. Er hat es ehrlich gemeint, jedes Wort von ihm hat ausgedrückt, was er gefühlt hat, sonst hätte er nicht so reagiert, denkt Nikki.

» Ich glaube ich nehme einen Cappuccino «, sagt Nikki und hebt den Kopf etwas, um in Phils Gesicht zu sehen, wobei ihre Augen nur kurz in den seinen verweilen. Seine Gesichtsfarbe hatte sich wieder normalisiert. Sie schaut sich Phil nun genauer an, während dieser Ausschau nach einer Bedienung hält, um seine Bestellung loswerden zu können.

» Gut «, sagt er noch, » nehmen wir zwei Cappu «, aber dabei vermied er noch, in Nikkis wunderschöne und tiefgründige Augen zu blicken.

Phil hat eine cremefarbene Stoffhose an und einen eng anliegenden schwarzen Wollpullover mit einem kurzen Ausschnitt, der seinen muskulösen Oberkörper betont. Die Ärmel hat er zur Hälfte über die Unterarme gezogen, was seine dunkle Armbehaarung zum Vorschein bringt. Seine Haare sind jetzt eins bis zwei Zentimeter länger, und seine Augen zeigen nicht mehr die unbeschwerte Fröhlichkeit, wie auf dem Foto. Sie haben jetzt eine offene Tiefe, die bis in einen See aus Gefühlen zu reichen scheinen.

Er sieht verdammt gut aus, sagt sich Nikki, und er ist wohl auch ein echt netter Kerl. War irgendwie süß, wie er mir aus der Jacke geholfen hat, gentlemenlike, er weiß sich also auch zu benehmen. Und den Dreitagebart hat er immer noch oder wieder. Steht ihm echt gut. Ob ich`s ihm sagen soll?

Später vielleicht, wenn das Eis gebrochen ist und er etwas sicherer ist. Will ihn ja nicht gleich wieder in …

» Jetzt bist du aber auf Reisen. «

Nikki blinzelt, sie hat Phil die ganze Zeit direkt in die Augen geschaut und ihm ist ihre Abwesenheit nicht entgangen.

» Weit oder schön « setzt Phil nach, noch bevor Nikki Zeit zum Reagieren bleibt. Jetzt war sie an der Reihe, sie hat irgendwie das untrügliche Gefühl, dass Phil genau weiß was ihr durch den Kopf gegangen ist. Zumal sie die ganze Zeit in seinen Augen auf Reisen war. Nikki wird rot. Das Eis ist gebrochen.

» Nein und ja «, antwortet sie.

Phil, der sie lächelnd ansieht und dann wieder galant den Kopf nach einer sich nähernden Bedienung wendet, versteht nicht gleich, was sie meint. Zu sehr freut es ihn, dass Nikki genauso machtlos zu sein schien, wie er selbst. Das gibt ihm genau den Kick, den er gebraucht hat, um sich wieder zu fangen. Und es macht Nikki in seinen Augen jetzt nur noch begehrenswerter.

» Weit oder schön, nein und ja «, sagt Nikki, um jedes Missverständnis ihrer Antwort aus dem Weg zu räumen.

Es war jetzt egal, sie macht gerade eine tief greifende Feststellung und will sie nicht in sich einschließen.

Sie hat sich verliebt.

» Also weit oder schön und nein und ja «, wiederholt Phil langsam und gibt sich Mühe dabei einen nachdenklichen Eindruck zu machen.

Sie hat mir direkt in die Augen gesehen, lange und fest und sie hat für einen Moment die Kontrolle verloren. Sie hat geträumt während sie mir in die Augen sah, - wow, hoffentlich geht es ihr genauso wie mir, denkt Phil voller Hoffnung und Sehnsucht.

» Also nicht weit aber schön, ich kann nur hoffen, dass ich wenigstens am Rande was damit zu tun habe «, sagt Phil und blickt, diesmal ohne Scheu lächelnd in Nikkis so bezaubernde Augen.

Nikki rückt auf ihrem Stuhl ganz nach vorne und beugt sich weit über den Tisch, wobei sie den Blickkontakt zu seinen Augen nicht abreißen lässt.

» Stell dich doch nicht so an, Dummkopf «, flüstert sie leise zu ihm nach oben, wobei Phil sich jetzt eilends ihr entgegen beugt, um auch jedes Wort zu verstehen.

Jetzt, wenige Zentimeter von ihrem bildhübschen Gesicht entfernt, schlägt sein Herz einen tiefen, kräftigen Bass und sein Kopf scheint mit einem Mal schwerer zu werden.

» Du hast doch genau gesehen, wohin ich geschaut habe «, haucht sie ihm ins Gesicht und kommt ihm noch einige Zentimeter näher. Fast berühren sich ihre Nasen und Nikkis Herzklopfen ist so fest und stark, dass sie glaubt man müsse es durch ihr T-Shirt sehen können.

Komm schon und küss mich endlich, denkt sie, und im selben Moment, fast so als hätte sie es laut gesagt, neigen beide ihren Kopf und ihre verlangenden Lippen treffen sich zu ihrem ersten zarten Kuss.

Zeitgleich öffnen sie ihre Münder und durch das Spiel ihrer Zungen vertieft sich ihr Kuss und dehnt sich aus über Raum und Zeit. Sie scheinen nicht nur alles um sich herum zu vergessen, sondern verlassen für einen Moment die Realität, um sich in einer neuen Welt aus Gefühl und Lust in der Ewigkeit zu verlieren.

Als sie, scheinbar nach Stunden, zaghaft die bislang schönste, gemeinsame Berührung lösen, hat Nikki ihre rechte Hand in Phils Nacken und er seine rechte Hand unter ihrem Kinn.

Ihre linken Arme hängen an ihren Körpern herab als würden sie nicht zu ihnen gehören. Sie blicken sich tief in die Augen, mit einem Ausdruck auf den Gesichtern, den nur Menschen deuten können, die selbst einmal in der Situation waren, das tiefste Verlangen und die schmerzhafteste Sehnsucht spüren zu dürfen.

Verhaltener Beifall von den sie umgebenden Gästen holt sie in die Realität zurück. Fast keinem ist das Knistern im havana entgangen, was die lächelnden Gesichter ausdrücken, in die sie reihum blicken.

Aber die zwei frisch Verliebten schenken dem nur wenig Beachtung. Zu sehr sind ihre Blicke voneinander gefesselt. Zu sehr haben sich die Gefühle für einander mit übermenschlicher Macht ihrer bemächtigt.

» Ich glaube ich habe mich gerade mächtig verliebt «, sagt Nikki leise und immer noch über den Tisch gebeugt.

» Dito «, antwortet Phil und erst als er die sich nähernde Bedienung bemerkt, lassen ihre Hände voneinander ab und sie setzen sich wieder gerade hin. Beiden ist das rote Feuer der Liebe ins Gesicht gestiegen, aber weder Nikki noch Phil bemerken das. Zu überwältigend ist der Nachklang dieses ersten und hingebungsvollen Kusses.

» Ich wäre ja gerne früher gekommen «, bemerkt Isa, eine der hübschen Damen des Personals, » aber ich wollte euch wirklich nicht stören. «

Beide lächeln nun verlegen und Phil bestellt zwei Cappuccino.

In den wenigen Minuten bis Isa wieder kommt, spricht keiner von ihnen ein Wort. Sie sehen sich nur an mit einem Blick, zu dem nur Verliebte fähig sind.

Sie nippen an ihrem Cappuccino und Phil schaut leise seufzend zur Decke, an der er das runde Abluftrohr nicht wahrnimmt. Für ihn sieht die Decke aus wie der Himmel einer klaren Nacht, an dem er alle Sterne des Universums zu sehen glaubt.

» Ich wäre jetzt gern wo anders «, sagt er leise und schaut wieder in Nikkis Augen. » Vielleicht spazieren «, ergänzt er schnell, was allerdings nur bedingt der Wahrheit entsprach.

Wenigstens könnte er Nikki dann näher zu sich heranziehen. Er könnte durch ihr gesträhntes Haar fahren und sie beim nächsten Kuss ganz nah an sich spüren.

Nikki streckt Phil ihre Hand entgegen, lächelt ihn charmant und wissend an, schiebt ihren Stuhl zurück und steht auf. Mit der anderen Hand greift sie nach ihrer Jacke und wirft sie sich geschickt über den Arm.

Phil ist mit einem glückseligen Lächeln schon an ihrer Seite und Hand in Hand gehen sie in Richtung Bar.

Als Michael, der Wirt, sie erblickt und Phil an seine Gesäßtasche fasst, winkt Michael ab. Auch ihm ist die knisternde Atmosphäre an ihrem Tisch nicht verborgen geblieben.

» Geht diesmal aufs Haus «, sagt er und lächelt die zwei Verliebten an.

Das » vielen Dank « kommt wie aus einem Mund und mit Michaels » auf bald « verlassen sie händchenhaltend das havana. Draußen hilft Phil Nikki in ihre Jacke und schlingt einen Arm um ihre schmale Taille.

Sie kommen nur wenige Meter weit, bis sie sich einander zu wenden und diesmal mit fester und inniger Umarmung ihre Lippen zu einem weiteren, die Welt vergessen machenden Kuss zusammenführen.

Viele Minuten stehen sie so eng umschlungen neben der café bar havana in Alzey.

Als sie sich zaghaft lösen, sagt Phil:

» Das war jetzt so, wie ich es sah, als du ins havana kamst und mich aus eben diesem Traum geholt hast. «

» Das war nicht nur dein Traum «, erwidert Nikki mit dem bezauberndsten Lächeln, das Phil je sah, » das war auch meiner. «

Und wie aus einem Mund kommt es aus beiden …

» Unser Traum im havana. «

Liebessehnsucht

Wie sehn' ich mich nach dir,
du Engel ohne gleichen,
bin krank vor Sucht nach dir,
will niemals von dir weichen.

Ach wärst du doch schon mein,
hätt' ich dich schon gefragt,
die Angst, dass du sagst nein,
an meiner Seele nagt.

Wenn ich die Augen schließe,
seh' ich nur dich vor mir,
oh, wie ich das genieße,
oh, wärst du doch bei mir.

Des Nachts ich träum von dir,

gehst langsam auf mich zu,

stehst dann ganz nah' vor mir

und machst die Augen zu.

Still heb' ich eine Hand,

streich' zart dir übers Haar,

steh' vor dir wie gebannt,

du bist ein Traum fürwahr.

Dein Duft ist so betörend,

macht mich fast willenlos,

ich rieche ihn fortwährend,

er lässt mich nicht mehr los.

Dein honigsüßer Mund,

dem Meinen schon so nah',

's ist als tät' er mir Kund,

komm küss mich schon, du Narr.

Nichts hält uns nun zurück,

uns're Lippen werden eins,

es ist das pure Glück,

der schönste Grund des Seins.

Oh ja, es ist fürwahr

das Schönste, das es gibt,

's soll dauern Jahr um Jahr,

dass ich in dich verliebt.

Nimrodus

Episode 2

Heiße Schokolade

Marco steht gerade auf der Trittleiter und streckt beide Hände zur Decke. Noch einen Knoten muss er machen, damit das rote Seidentuch fest genug hängt. Jetzt noch den Test mit dem Lichtschalter, ja, kann man so lassen. Das Tuch hängt lose unter der Lampe und verbirgt sie komplett. Auch das Licht ist angenehm diffus. Das Seidentuch, welches Marco mit den anderen Utensilien besorgt hat, ist farbkräftig genug.

Die blauen Kerzen hat er schon im Badezimmer verteilt, ebenso wie die fünf kleinen Blumensträuße. Im Blumenparadies in der Spießgasse besorgte er sich die kleinen Biedermeiersträuße, welche blau und rot als Hauptfarbe haben mussten. Blau ist seine Lieblingsfarbe, rot Danielas Farbe. Daher auch das rote Seidentuch und die blauen Kerzen.

Selbst die Rosenblätter im Korb sind rot und blau. Er will sie vor Danielas Füße streuen, wenn sie zur Wanne geht. Selbstverständlich muss er ihr die Augen verbinden, wenn er sie ins Bad führt. Sie darf auf keinen Fall den Inhalt der Wanne sehen, bevor sie hinein steigt.

Er lässt seinen Blick noch mal durch den Raum schweifen. Das Badetuch, natürlich rot, hängt über dem Handtuchwärmekörper. Kerzen und Blumen stehen am rechten Platz.

Die Ministereoanlage steht auf dem halbhohen Badezimmerschrank in der Ecknische. Die CD mit Danielas Lieblingsliedern ist eingelegt und die Fernbedienung liegt auf der Ablage neben der Tür. Griffbereit für ihn, wenn er die Tür öffnet.

Er bückt sich zu dem Korb mit den Rosenblättern und wirft einige davon auf den Boden. Es ist ein wunderschöner Anblick, wie die zarten und leicht duftenden Blätter auf dem weiß marmorierten Fliesenboden liegen. Er lässt die Blütenblätter liegen und schließt beim Verlassen des Bades die Tür hinter sich ab.

Marco schaut auf die Uhr. Noch zwei Stunden, bis Daniela nach Hause kommen wird. In den letzten Monaten hatte sie sehr viel zu tun und jede Menge Stress auf ihrer Arbeitsstelle. Durch ihre Innovation und ihren wachen Geist, hatte sie in der Vergangenheit einige tief greifende Veränderungen in der Buchhaltung eingeführt.

Dieser Umstand macht sie in der jetzigen Situation zu einer unverzichtbaren Mitarbeiterin. Das heißt allerdings auch, jede Menge Überstunden.

Marco kann ihr den ständig zunehmenden Stress der letzten Wochen nur zu leicht ansehen.

Wenn sie nicht bald ausspannt und eine Pause einlegt, wird sie irgendwann zusammenklappen. Er sagt es ihr zwar hin und wieder, muss allerdings auch ihren Standpunkt und ihre Freude an der Arbeit akzeptieren.

Freie Tage oder gar Urlaub sind für weitere Wochen nicht in Sicht. Also musste Marco sich etwas einfallen lassen.

Sie sind jetzt schon über fünf Jahre zusammen und Marco liebt seine Daniela über alles. Ihre Verbindung ist schon etwas Besonderes. Sie verstehen sich ohne Worte. Nur allzu oft reichen Blicke, um in die Seele des Anderen zu schauen.

Marco betrachtet es fast schon als eine Gabe, zu erkennen wann man reden soll, um dem Anderen zu helfen. Und auch wann man schweigen muss, um das seelische Tief nicht zu verschlimmern. Das ist viel mehr als Liebe, denkt Marco und muss trotz Danielas angespannter Situation schmunzeln. Er freut sich sehr darüber, dass sie sich so gut verstehen.

Und noch mehr freut es ihn, dass er ihr jetzt einige unbeschwerte Stunden bereiten kann.

Er will heute mit ihr dem alltäglichen Zwang, durch eine völlig verrückte Idee entfliehen.

Er geht in die Abstellkammer neben der Küche und will noch mal nach den zwei wichtigen Utensilien für sein außergewöhnliches Vorhaben sehen.

Dann geht er in die Küche und sucht sich einen passenden Topf. Marco stellt ihn auf den Herd und legt den Deckel darauf. Er ist soweit.

Jetzt fehlt nur noch Daniela.

Marco hat sich den Nachmittag frei genommen, um die Besorgungen zu machen und alles vorzubereiten. Natürlich weiß Daniela nichts davon. Jetzt sitzt er am Küchentisch und lässt seine Gedanken treiben. Es ist schon eine verrückte Idee, die er da in die Tat umsetzen will.

Vor vier Tagen hat ihn Daniela abends im Bett auf die Idee gebracht, als sie ihn fragte: » Weißt du eigentlich was diesen Freitag für ein besonderer Tag ist? «

» Aber sicher doch, mein Engel «, antwortet er, ohne eine Sekunde überlegen zu müssen. » Wie könnte ich das jemals vergessen? «, setzt er nach und lächelt sie liebevoll an.

» Du bist mir doch hoffentlich nicht mehr böse wegen deiner Bluse? «, scherzt er.

» Ach Marco, wie könnte ich dir böse sein, Schatz, wer weiß wie es gekommen wäre, wenn du damals nicht so ein süßer Tollpatsch gewesen wärst? «

Daniela rückt etwas näher an ihn heran und gibt ihm einen zärtlichen Kuss. Eigentlich will Marco den Kuss vertiefen und sich fest an sie schmiegen.

Aber sie hätte sofort seine aufkommende Erektion gespürt.

Er weiß allerdings auch, dass sie einen äußerst stressigen Tag hinter sich hat und jetzt nur noch schlafen will.

Seine Lust auf sie muss wohl auf spätere Erfüllung warten. Er liebt und achtet sie zu sehr, als dass er auch nur den Hauch einer Andeutung auf Sex machen will.

Dabei macht sie es ihm nicht gerade leicht. Ihr hauchdünnes, rotes Nachthemd lässt ihn nur zu gut, die für ihn so reizvollen kleinen Brüste erkennen. Ihr blondes und leicht gesträhntes Haar liegt jetzt so schön wirr um ihren Kopf. Und ihre Augen – sie scheinen ein eigenes Lächeln zu besitzen, mit dem sie ihn jeden Tag aufs Neue verzaubern kann. Auch das kleine Muttermal, links über ihrer Oberlippe, ist etwas, das er nicht an ihr missen will. Sie ist eine äußerst begehrenswerte Frau. Und jetzt muss er sich zusammenreißen, sonst wird sie nur allzu leicht erkennen, welche wollüstigen Gedanken gerade durch seinen Kopf gehen.

» Es ist schon spät «, sagt er gezwungen lächelnd und gibt ihr noch einen flüchtigen Kuss.

» Gute Nacht mein Engel, schlaf gut. «

Noch bevor er sich auf die andere Seite dreht, bemerkt er das wissende Lächeln Danielas. Sie hat es doch bemerkt.

Er weiß es genau, er kann sich nicht vor ihr verschließen. Ihre Augen haben es ihm wieder verraten.

» Gute Nacht Marco, ich liebe dich. «

» Ich dich auch, mein Engel, ich dich auch. «

Marco liegt noch eine Weile wach und denkt an das Ereignis dieses denkwürdigen Freitags. Er hatte sich mit Daniela verabredet. Sie wollten sich in Alzey im havana treffen.

» Freitagabend um sieben Uhr? «, fragt er Daniela, die mit ihren Freundinnen schon auf dem Weg nach draußen ist.

Er hat sie nach Jahren zufällig im Cineplex in Bad Kreuznach gesehen. Er war gerade Single und zufällig alleine im Kino. Sein Freund Axel hat überraschend vor wenigen Minuten abgesagt.

Als er noch eine Tüte Popcorn kaufen will, stehen diese vier Frauen vor ihm. Sie haben augenscheinlich eine Menge Spaß zusammen und bemerken ihn gar nicht. Erst als die Bedienung an ihnen vorbei schaut und ihn nach seinen Wünschen fragt, gehen sie zur Seite und drehen sich kurz zu ihm um. Zwei von ihnen erkennt er sofort. Und Daniela erkennt ihn auch.

» Marco ? «

» Daniela? «

» Ja «

» Hallo, lange nicht gesehen «, sagt Marco etwas verlegen.
Er begrüßt auch Nadine, die er damals zusammen mit Daniela kennen gelernt hat.

Vor zwei Jahren hatten sie einen Tanzkurs bei der Tanzschule Wienhold in Alzey besucht. Daniela kam mit ihrer Freundin Nadine und Marco hatte seinen Freund Axel im Schlepptau. Es waren lustige Stunden an den Mittwochabenden. Und obwohl sie sich sehr sympathisch waren, hatte es damals nicht gefunkt. Beide hatten gerade eine Beziehung hinter sich und wollten sich nicht gleich wieder binden.

Die wenigen Treffen mit der Tanzkursclique verliefen irgendwann im Sande und sie verloren sich aus den Augen.

Jetzt steht er hier in Kreuznach vor ihr und stellt erneut fest, dass sie eine sehr reizvolle Frau ist. Daniela mustert ihn und lächelt ihn an.

» Du, wir müssen los, unser Film fängt gleich an, vielleicht sehen wir uns ja noch «, sagt Nadine und knufft Daniela vorsichtig in die Rippen.

» Ja, kann sein, was schaut ihr euch denn an? «

» Magnolia « sagen die Vier fast gleichzeitig.

» Und du? «, fragt ihn Daniela.

» Gottes Werk und Teufels Beitrag «, antwortet Marco mit einem leichten Anflug von Bedauern in der Stimme.

» Na ja, viel Spaß, wir müssen jetzt, denke wir sehen uns vielleicht noch «, ruft ihm Daniela zu, die mit ihren Freundinnen bereits auf dem Weg zur Treppe ist.

Marco hat noch fünfzehn Minuten Zeit, bis sein Film anfängt. Er schaut sich im Foyer um und sucht nach einem Plakat über Magnolia. Der Film ist um einiges länger als Gottes Werk. Marco beschließt nach dem Film hier unten zu warten, bis die vier Frauen wieder die Treppe herunter kommen würden.

Obwohl ihn der Film interessiert, kann er sich nicht richtig darauf konzentrieren oder ihn gar genießen. Seine Gedanken schweifen immer wieder ab ins Foyer und zurück in den Tanzkurs.

Er hat Daniela gar nicht so hübsch in Erinnerung. Ihr blondes Haar ist ein gutes Stück länger als früher und hängt ihr weit über die Schultern. Irgendwie faszinieren ihn ihre Wangengrübchen genauso, wie das kleine Muttermal über ihrer Oberlippe. Sie musste jetzt zweiunddreißig sein, eine Frau im besten Alter.

Das Licht im Kino geht an und Marco wird bewusst, dass er das Ende des Films verpasst hat.

Mit der Menge verlässt er das Kino und lässt sich bis ins Foyer treiben. Er sucht einen freien Tisch bei » Ricks «, von dem er die Treppe im Auge behalten kann und bestellt einen Cappuccino mit Sahne.

Während er wartend die Menschen beobachtet, flüstern Daniela und ihre Freundinnen noch über ihre zufällige Begegnung. Carola und Katja fragen Nadine und Daniela über Marco aus.

» Er gefällt dir, Danny, ich seh`s an deinen Augen «, sagt Katja leise. » Kann ich ja auch verstehen, er sieht ja auch interessant aus. Wie alt ist er denn eigentlich? «

» Er müsste jetzt ungefähr fünfunddreißig sein «, antwortet Daniela nur.

» Und ein Single scheint er auch zu sein «, flüstert Carola, » sonst ging er ja wohl nicht alleine ins Kino. «

Als sie schließlich die Treppe herunter kommen, haben sie so ziemlich alles, was sie über ihn wissen, ausgetauscht.

Marco, der genug Zeit hatte sich zu überlegen wie er sie jetzt ansprechen wollte, zögert. Das alle vier lächelnd oder grinsend auf ihn zukommen, bringt ihn aus dem Konzept.

Mensch Marco, du bist kein Teenager mehr, du bist fünfunddreißig und solltest wissen was zu tun ist, sagt er zu sich selbst.

» Hast du etwa gewartet? «, fragt ihn Nadine mit ironischem Unterton in der Stimme und einem breiten Grinsen im Gesicht.

» Sicher, wann sieht man schon mal vier so hübsche Frauen auf einmal «, antwortet Marco schmunzelnd, schaut aber nur Daniela an.

Daniela schaut ihm in die Augen. » Oh, vielen Dank «, sagt sie und lächelt ihn an.

» Alles voll «, sagt Carola, die ihren Blick langsam durchs » Ricks « schweifen lässt. » Vielleicht auch gut so, ich muss morgen wieder früh raus. «

» Mädels, ich denke wir gehen «, fügt Katja hinzu und schaut die Anderen fragend an.

» Dürfte ich dich mal auf 'nen Kaffee einladen «, platzt es aus Marco heraus, der seine Chancen auf ein weiteres Gespräch schwinden sieht.

Noch immer sieht er Daniela an, die sich bereits mit ihren Freundinnen einige Schritte in Richtung Ausgang bewegt hat. Sie bleibt stehen.

» Aber sicher darfst du «, sagt sie in seine Richtung gewandt. » Wie wär's mit dem havana in Alzey? «, setzt sie nach.

» Sicher gern, Freitagabend sieben Uhr? «, fragt er.

» Ich werde kommen «, ruft ihm Daniela zu, die sich jetzt mit ihren Freundinnen schon vor der Ausgangstür befindet. Sie winkt ihm noch einmal zu und ist hinter der Tür verschwunden.

Marcos Herz klopft noch fünfzehn Minuten später, als er bezahlt hat und auf dem Weg zu seinem Auto ist. Dass er zur selben Zeit Gegenstand einer amüsanten und interessanten Unterhaltung war, wusste er damals noch nicht.

» He Danny, der Kerl hat Interesse an dir «, sagt Carola, kaum dass sie das Cineplex verlassen haben. Sie laufen zur Rückseite des Kinos, wo in einer Seitenstraße Katjas Auto steht.

» Das hatte er vor zwei Jahren schon, nur Danny hat es damals nicht gepeilt «, wirft Nadine ein, noch bevor Daniela etwas sagen kann.

» Hatte er nicht! «, kontert Daniela mit etwas zu viel Verärgerung in der Stimme.

Sie erntet ein breites Grinsen von ihren Freundinnen und ein spitzes » soso « von Carola, die gleich nachhakt.

» Was war denn in diesem ominösen Tanzkurs? Wie gut habt ihr euch denn kennen gelernt? «

» Wir haben nur zusammen getanzt und waren ein paar Mal was trinken. Immer mit anderen aus dem Kurs zusammen «, antwortet Daniela. » Da war nix, weder von seiner, noch von meiner Seite. «

» Von wegen «, entgegnet Nadine schmunzelnd. » Ich habe seine Blicke gesehen, wenn er dir nachgeschaut hat, er hatte Interesse. Definitiv! «

» Ok, vielleicht hatte er, aber ich hatte keins und du weißt auch verdammt genau warum! «

Die für alle jetzt deutlich spürbare Verärgerung in Danielas Stimme, lässt dieses Thema für geraume Zeit in den Hintergrund treten. An diesem Abend würde niemand mehr auf die Zeit im Tanzkurs zu sprechen kommen.

Nur Daniela macht sich im Stillen Gedanken. Zu gut erinnert sie sich an die Wochen im Tanzkurs.

Sie freute sich die ganze Woche darauf, aber nicht wegen Marco. Dabei wollte sie anfangs keinen Kurs besuchen. Es war Nadines Überredungskünsten zu verdanken, dass sie schließlich doch einwilligte.

» Du musst was unternehmen, musst mal unter Leute. Du bist doch kein Mauerblümchen und du brauchst mal Ablenkung «, waren Nadines Worte.

Zwei Monate saß sie fast nur zu hause oder war bei Nadine zum Reden. Die Trennung von Peter war etwas, das ihr noch immer Schmerzen bereitete.

Sie waren vier Jahre lang ein Paar und hatten sich vor einem Jahr verlobt. Und dann kam es doch zum Bruch. Peter hatte sie betrogen. Und das nicht nur ein Mal.

Bei Nadine weinte sie sich aus und sammelte Kraft. Nadines Lebensfreude war überaus stark und auch sehr ansteckend. Sie überredete sie schließlich zu diesem Singletanzkurs. Widerstrebend, aber auch neugierig, willigte Daniela schließlich ein. Zuerst wollte sie nicht zugeben, dass es ihr gefiel. Aber es tat wirklich gut, völlig ungezwungen unter Menschen zu sein und sich zu amüsieren. Wenn es auch nur wenige Stunden in der Woche waren, es war ein Anfang.

Obwohl Marco ihr fester Tanzpartner wurde, ließ sie ihn nicht zu nah an sich heran. Peter war noch zu präsent in ihrem Kopf. Und schließlich hatte Marco auch nie irgendwelche Anspielungen gemacht.

Er war immer höflich und zuvorkommend, aber nie aufdringlich oder gar fordernd gewesen. Erst jetzt, als sie nach Langem wieder darüber nachdenkt, kommt es ihr etwas seltsam vor.

Sie nimmt sich fest vor, ihn darauf anzusprechen, wenn sie ihn nächste Woche im havana treffen wird.

Marco sitzt, mit dem Rücken zum Spiegel am Ecktisch vor dem Fenster, genau gegenüber der Eingangstür des havana. So kann er nicht nur die ankommenden Gäste im Auge behalten, sondern auch die Straße vor dem havana überblicken. Er sieht Daniela sofort, als sie vor dem Fenster neben ihm, auf dem Gehweg auftaucht.

Als sie die Fensterfront des havana erreicht, verlangsamt sie ihren Schritt. Sie schaut durch die großen Fenster ins Innere, der noch nicht voll besetzten café bar. Schon begegnet sie Marcos Blick, der sie charmant lächelnd ansieht. Sie lächelt freudig zurück, winkt kurz und betritt nach wenigen Schritten das havana. Als sie auf seinen Tisch zukommt, steht Marco auf und streckt ihr mit einem freundlichen

» Hallo Daniela «, die Hand entgegen.

» Hallo Marco «, erwidert sie, während sie die angenehme Wärme seiner Hand spürt.

Nachdem sie den Reißverschluss geöffnet hat, hilft Marco ihr galant aus ihrer weißen Daunenjacke. Mit einem Lächeln bedankt sich Daniela und lässt ihn die Jacke zur Garderobe bringen.

» Ich freue mich, dass du gekommen bist «, sagt Marco, der jetzt wieder gegenüber von Daniela Platz genommen hat.

» Was darf ich euch bringen? « Soraya ist in ihrem ärmellosen Top und der blauen havanaschürze neben ihnen aufgetaucht.

» Cappuccino? «, fragt Marco und schaut Daniela an.

» Ja, gern. «

» Zwei Cappuccino bitte «, gibt Marco, an Soraya gewandt, seine Bestellung auf.

» Mit Sahne? «, fragt Soraya noch, bevor sie sich zum Gehen wendet. Daniela und Marco schauen sich an und nicken beide.

» Jawohl, mit Sahne «, antwortet Marco und schon sind sie wieder alleine.

Er sitzt etwas unschlüssig da und weiß nicht so recht, wie er das Gespräch beginnen soll.

Sie haben sich lange nicht gesehen und wenn er überlegte, weiß er gar nicht so viel über sie. Eben das, was man im Tanzkurs und den wenigen Treffen danach so erfährt.

» Gehst du oft alleine ins Kino? «, fragt Daniela und bricht damit das peinliche Schweigen.

» Eigentlich nicht «, antwortet Marco. » Ich war mit einem Freund verabredet in Kreuznach. Allerdings hat er abgesagt, als ich schon unterwegs war. Da bin ich eben alleine in den Film. Er lief die letzten beiden Tage und hat mich schon interessiert. Und ihr hattet wohl so was wie einen Frauenabend? «

Daniela schmunzelt bei dieser Frage.

» So kann man es auch nennen «, grinst sie zu Marco.

» Wir treffen uns ziemlich regelmäßig und ab und an gehen wir auch mal ins Kino. Nadine seh` ich ziemlich oft. Sie arbeitet noch in der gleichen Firma wie ich. Katja und Carola haben vor einem Jahr die Firma gewechselt.

Na ja, bei uns wurden Einsparungen gemacht und die Beiden gehörten zu denen, die gehen mussten. Zum Glück haben sie schnell was Neues gefunden. Allerdings sehen wir uns seither eben etwas seltener. «

» Du hast dich seit damals fast nicht verändert. Nur deine Haare sind etwas länger, wenn ich das richtig in Erinnerung habe. «

Marco hat Daniela die ganze Zeit angeschaut, während sie erzählte. Er ist von dem kleinen Muttermal über ihrer Oberlippe noch immer so fasziniert, wie er es schon damals im Tanzkurs war. Und auch, die jetzt längeren Haare, die ihr in abgestuftem Schnitt über die Schultern hängen, sind ihm ein schöner Blickfang.

» Vielen Dank, ich nehme das einfach mal als Kompliment «, lächelt ihn Daniela an.

Marco schaut ihr in die Augen. » Genauso war es auch gedacht. «

» Zwei Cappuccino mit Sahne. « Soraya ist wieder an ihren Tisch gekommen und stellt beiden eine Tasse hin. Mit einem Lächeln ist sie auch schon wieder zu einem anderen Tisch unterwegs.

Daniela, die Marcos Blick erwidert, senkt ihre Augen zur Tasse und nimmt einen kleinen Schluck. Was hat er für schöne blaue Augen, denkt sie, warum ist mir das damals nicht aufgefallen.

» Ich muss sagen, du hast dich auch nicht verändert «, versucht sie das Gespräch im Fluss zu halten. » Ich hab dich im Kino gleich wieder erkannt. «

Marco lächelt und nippt etwas verlegen an seinem Cappuccino. » Na ja, zwei Jahre sind ja auch keine allzu lange Zeit. «

» Stimmt auch. Ich hoffe, das havana war dir recht? Ich bin einfach davon ausgegangen, dass du noch in Alzey wohnst. Zudem hatte es Carola nach dem Kino etwas eilig. Mir ist als Erstes das havana eingefallen. Dachte, weil wir hier ja früher auch schon waren. «

Marco stellt seine Tasse ab und schaut in ihre braunen Augen.

» Ja, absolut, ich komme gerne hier her. Und ja, ich wohne noch immer hier in Alzey. Du hast früher doch auch hier gewohnt, wo wohnst du denn jetzt? «

Daniela grinst. » Immer noch hier, immer noch am Theodor-Heuß-Ring. Wie kommst du darauf, dass ich weggezogen sein könnte? «

» Na ja, seit den Tagen nach dem Tanzkurs hab ich dich hier nicht mehr gesehen. Ich dachte du seiest vielleicht umgezogen. «

» Aber nein, bin ich nicht. Carola, Katja, Nadine und ich treffen uns sogar öfters hier im havana. Immer mittwochs, einmal im Monat. «

» Autsch, Axel und ich treffen uns meistens donnerstags oder freitags hier. Und das sogar fast jede Woche. Anfangs kamen wir auch mittwochs. « Marco nimmt einen Schluck Cappuccino. » Dachte ich würde dich vielleicht mal hier sehen. «

Daniela stellt ihre Tasse ab und schaut in die brennende Kerze auf dem Tisch.

» Ich hatte damals einige Probleme. Bin nicht oft weggegangen, hab fast nur für meine Arbeit gelebt. Nadine hat mich ab und an überreden können, mal mit ihr auszugehen. Aber viele Monate hab ich mich regelrecht verkrochen. «

» Ich weiß «, sagt Marco jetzt mit einem ernsten Gesicht.

» Was weißt du? «, fragt Daniela mit einem erstaunten Gesichtsausdruck.

» Nun «, beginnt Marco vorsichtig, » eben was mir Nadine im Tanzkurs gesagt hat. «

» Was hat sie dir denn gesagt? «

» Da hole ich besser etwas aus «, sagt Marco, nachdem auch er seine Tasse geleert hat. » Als damals der Tanzkurs begann, bist du mir gleich aufgefallen. «

Er schaut verlegen in seine leere Tasse, erzählt aber flüssig weiter. » Deine Freundin hatte das sofort bemerkt. Als du in einer Pause dann zur Toilette gingst, hat Nadine mich zur Seite genommen. Daniela gefällt dir wohl, fragte sie mich ganz direkt. Nun, ich hab zuerst ein bisschen rum gedruckst, aber sie hatte Recht. Ich sagte ihr dann, dass du mir sehr gut gefallen würdest. Und ich hab sie gefragt, ob du vergeben wärst.

Da hat sie mir von deiner Beziehung erzählt und dass sie in die Brüche gegangen sei. Sie sagte auch, dass du sehr leiden würdest und hat mich gebeten keine Annäherungsversuche zu machen. Sie war froh, dass sie dich zum Tanzkurs überreden konnte. Und sie wollte nicht, dass du gleich alles wieder hinschmeißt, nur weil dich am ersten Tag ein Typ anbaggert. Also hab ich ihr versprochen die Finger von dir zu lassen. Ist mir damals nicht leicht gefallen. «

Marco schaut Daniela jetzt wieder in die Augen. Ihm wird schlagartig klar, dass er sich soeben geoutet hat. Was muss sie jetzt von ihm denken.

» Versteh mich bitte nicht falsch, ich war damals in dich verliebt. Das soll unser Treffen heute aber bitte nicht belasten. «

» Nadine, ich glaube wir müssen dringend reden «, sagt Daniela und blickte erneut in die Flamme der Kerze.

» Darf ich euch noch etwas bringen? «, fragt Soraya, die wie aus dem Nichts an ihrem Tisch aufgetaucht ist.

Beide schauen sie an und sind froh ihre Gedanken sammeln zu können.

» Eine heiße Schokolade bitte «, sagt Daniela.

Marco will eigentlich einen Portugieser Weißherbst bestellen, aber entscheidet sich dann doch anders. Er will auf keinen Fall den Eindruck erwecken, er müsse sich Mut antrinken.

» Ein bitter Lemon bitte «, sagt er zu Soraya, die lächelnd und mit einem Kopfnicken zur Bar geht.

» Nadine ist meine beste Freundin. Kannst du dir vorstellen, dass sie mir bis heute kein Sterbenswörtchen davon gesagt hat? Ich meine, nicht dass sie Unrecht hatte mit ihrer Einschätzung, aber sie hätte es mir dann doch noch sagen können. «

» Ich hoffe, ich hab jetzt keinen Fehler gemacht, weil ich dir das gesagt habe? «, sagt Marco und schaut Daniela fragend an. » Ich würde nämlich nur ungern an einem Streit zwischen euch schuld sein. «

» Nein, nein, so schlimm wird's schon nicht werden. Seltsam, letzte Woche habe ich gerade darüber nachgedacht. «

» Worüber nachgedacht? «, fragt Marco, der zu ahnen scheint worum es ihr geht.

» Darüber, warum du damals im Tanzkurs so zurückhaltend warst. Versteh mich nicht falsch, ich wollte damals keine neue Beziehung. Aber letzte Woche hab ich mich daran erinnert und mich gefragt warum du so warst. Jetzt verstehe ich. «

Daniela hat ihre linke Hand auf dem Tisch liegen und dreht die Glashalterung der Kerze in ihrer Hand. » Du bist echt ein netter Kerl, Marco. «

Oh weh, ein netter Kerl, denkt Marco. Ich gefall ihr entweder nicht, oder ich bin einfach nicht ihr Typ. Schade, sie ist eine umwerfende Frau.

» Danke «, sagt er nur und blickt ihr wieder in die Augen. Doch darin liest er etwas anderes. Ihr Blick ist offen und ihre Augen glänzen. Es ist fast so, als ob ihre Augen lächeln.

» Verzeih Daniela, ich wollte dir nicht zu nahe treten. Eine so schöne Frau wie du ist wohl nicht alleine. «

» Vielleicht ist genau das der Grund, warum solche Frauen hin und wieder alleine sind «, gibt sie zurück.

» Weil ihr Männer euch nicht traut, diese Frauen anzusprechen. Du bist mehr als ein netter Kerl Marco, ich mag dich. «

Marcos Herz schlägt einen Salto. Er streckt seine Hand aus, um Danielas, immer noch mit der Kerze spielende Hand, zu umfassen.

Doch genau in diesem Moment stellt Soraya die heiße Schokolade auf den Tisch. Kurz bevor die Tasse den Tisch berührt, fährt Marcos Hand unter die Untertasse.

Die Tasse fliegt durch die Luft und stürzt vor Daniela auf den Tisch. Dabei ergießt sich ein Teil des Inhalts auf ihre beige Bluse und sie zuckt reflexartig zurück. Marco steigt die Schamesröte ins Gesicht.

» Oh Gott, verzeih Daniela, ich wollte nicht...«, beginnt er eine Entschuldigung. Er springt auf, zieht ein frisches Stofftaschentuch aus seiner Hosentasche und reicht es Daniela.

» Verzeih bitte, es tut mir Leid. «

» Entschuldige bitte «, sagt auch Soraya, » ich hol schnell ein feuchtes Tuch. « Sie kommt sofort zurück und reicht es Daniela. Sie ist aufgestanden und wischt mit Marcos Taschentuch bereits das Ärgste von der Bluse. Jetzt nimmt sie das feuchte Tuch von Soraya und wendet sich um. Sie schaut Marco an und lächelt.

» Ist kein Beinbruch, bin mal kurz auf Toilette. « Sie geht zur Tür neben der Bar und ist verschwunden.

Marco setzt sich wieder hin und entschuldigt sich bei Soraya. Sie beseitigt die Folgen seiner Ungeschicklichkeit mit geübter Hand. Marco schaut verlegen durch den Raum. Keinem der Gäste ist sein Malheur entgangen.

Michael steht hinter der Bar und zwinkert ihm grinsend zu. Wie ist ihm das peinlich. Er trinkt an seinem bitter Lemon und überlegt, was er Daniela sagen soll. Als sie Minuten später an den Tisch zurückkehrt, ist ihre Bluse vom Versuch die Flecken zu entfernen etwas feucht. An einigen Stellen kann er darunter Teile ihres Büstenhalters erkennen. Er schämt sich fast dafür, es zu bemerken.

» Daniela, es tut mir Leid, das war nicht meine Absicht. Selbstverständlich komme ich für die Reinigung auf. Hoffentlich hast du dich nicht verbrüht? «

» Ist schon in Ordnung. Eigentlich wollte ich heiße Schokolade trinken, aber nicht drin baden. Aber sag, was war denn deine Absicht? « Sie schaut ihm in die Augen und reicht ihm sein Taschentuch über den Tisch. Er streckt seine Hand aus und anstatt das Tuch zu nehmen, ergreift er ihre Hand.

» Das war meine Absicht «, sagt er und senkt seinen Arm auf den Tisch, während er ihre Hand fest hält.

» Wenn ich dir jetzt sage, dass ich dich auch mag, ist das etwas untertrieben. «

Soraya kommt mit einer neuen Tasse Schokolade. Als sie ihre Hände auf dem Tisch sieht, fragt sie grinsend: » Darf ich abstellen oder zuckt gleich wer? «

» Es zuckt niemand «, sagt Daniela, die noch immer in Marcos blaue Augen schaut.

» Momentan haben wir alles im Griff «, kommt es von Marco, der jetzt mit seinem Daumen über Danielas Handrücken streichelt. Um sie nicht loslassen zu müssen, greift er umständlich mit seiner anderen Hand nach dem Tuch und steckt es ein.

So sitzen sie noch einige Zeit und kommen sich beim Erzählen langsam näher.

Noch einige Male verabredeten sie sich hier im havana, bis endlich der zündende Funke sprang. Aber das Feuer, das sich daraus entwickelte, brannte all die Jahre mit hellen Flammen. Er liebt Daniela wie keine Frau zuvor. Er wird sie nie verlassen.

74

Jetzt, wo er am Küchentisch sitzt und darauf wartet, dass sie nach Hause kommt, fasst er einen weiteren Entschluss. Er will nicht mehr bis Weihnachten warten. Er will ihr schon heute den Antrag machen. Wenn sie in der Wanne liegt, sollte der richtige Moment schon kommen. Die Verlobungsringe hat er schon vor Wochen gekauft. Aber Daniela wollte sich gern unterm Weihnachtsbaum verloben.

Nun, den Heiratsantrag konnte er trotzdem machen. Mal sehen, wie gestresst sie nach Hause kommt. Eigentlich sollte sie jeden Moment kommen.

Er steht auf und holt die Ringe, die er in einem guten Versteck unter der Spüle, zwischen den Becken verstaut hat. Dann füllt er Wasser in den Topf auf dem Herd und schaltet die Platte ein. Gerade als er in die Abstellkammer will, um das Pulver zu holen, hört er, wie sich der Schlüssel in der Eingangstür dreht. Marco hat Herzklopfen.

Daniela kommt durch die Tür und fällt ihm strahlend um den Hals. Marco ist verdutzt. » Hallo mein Engel, was ist denn mit dir los? «

» Heute war ein wunderbarer Tag, mein Schatz «, antwortet sie euphorisch.

» Du stellst dir nicht vor, was heute passiert ist. Stell eine Flasche Sekt kalt, wir haben Grund zum Feiern. «

Marco ist mehr als überrascht. Der Sekt stand schon längst kalt, allerdings aus einem anderen Grund, als den, welchen Daniela haben konnte. Sie gehen ins Wohnzimmer und Daniela beginnt zu erzählen.

» Heute Morgen kam der Chef zu mir ins Büro. Ich dachte schon, er wollte noch mehr Überstunden. Aber er fragte nur, ob ich mal einen Moment Zeit hätte in sein Büro zu kommen. Macht er sonst nie! Dort hat er mich dann gefragt, ob ich mit meiner Arbeitstelle zufrieden wäre. « Daniela schaut Marco jetzt überrascht an.

» Ob ich zufrieden wäre, pah, ich hab ihm dann gesteckt, dass mich die Überstunden langsam aufreiben. Verstehe ich sehr gut, hat er überaus freundlich gemeint. Da hab ich gestutzt. Ich möchte Ihre Leistungen der letzten Monate honorieren, sagte er weiter. Ich muss ziemlich blöde geschaut haben, weil er dann grinste. Sie bekommen ab sofort einen Zuschlag von 10% auf Ihr Gehalt. Dann streckte er mir die Hand hin. Herzlichen Glückwunsch, sagte er. Aber jetzt kommt's «, sagt Daniela.

» Weiterhin werden wir eine zusätzliche Stelle in Ihrer Abteilung schaffen, die für Ihre Unterstützung und Entlastung sorgen soll. Damit sollten sich die Überstunden für Sie doch sehr minimieren lassen. Ich war platt.

Kannst du dir das vorstellen? Mehr Geld und bald keine Überstunden mehr. Endlich mal Urlaub machen. «

Marco hatte mit vielem gerechnet, aber nicht damit. Irgendwie entglitt ihm der Abend, den er so schön geplant hatte. In der Küche kochte das Wasser und Daniela schaut ihn fragend an.

» Kochst du was? Wir wollten doch heute ins havana gehen oder hast du vergessen, dass heute *der* Freitag ist? «

» Äh, nein, natürlich nicht, ich hab ′ne kleine Überraschung vorbereitet. «

» Sag bloß Nadine hat angerufen und gepetzt? Sie hat mir versprochen nichts zu sagen…«

» Nein, Nadine hat nicht angerufen. Ich hab meinen eigenen Grund. «

Daniela schaut ihn fragend an. Marco nimmt sie in den Arm und küsst sie leidenschaftlich.

» Ich wusste von deiner Beförderung bis eben wirklich nichts. Ich gratuliere dir und freu mich mit dir.

Aber würdest du mir einen Gefallen tun und dir im Schlaf-zimmer deinen Bademantel anziehen, bitte? «

» Warum im Schlafzimmer, der hängt doch im Bad? «

» Nein, jetzt im Schlafzimmer «, grinst Marco und geht in die Küche. Daniela folgt ihm und schaut ihn dann fragend an. » Was hast du vor? «

» Ich hab dir ein Bad vorbereitet, zur Entspannung. Ver-traust du mir? «

Daniela legt ihre Arme um seinen Hals und schaut ihm tief in die Augen. » Das weißt du doch. «

» Würdest du dann bitte ins Schlafzimmer gehen? Ich ruf dich wenn ich soweit bin, ok? «

» Ganz wie der Herr belieben «, antwortet sie grinsend und verlässt mit schwingenden Hüften die Küche.

Marco schließt die Badezimmertür auf und lässt Wasser in die Wanne laufen. Dann eilt er in die Abstellkammer und holt das Kakaopulver und die Sprühsahne. Das Kilo Pulver gibt er ins nicht mehr kochende Wasser und rührt es unter. Dann trägt er die Sprühsahne ins Bad und stellt sie in den Badezimmerschrank in der Nische neben der Wanne. Jetzt holt er den Topf mit der heißen Schokolade und gießt ihn in die Badewanne. Bevor er den leeren Topf zurück in die Küche bringt, nimmt er noch das schwarze Seidentuch vom Schrank und zündet die Kerzen an.

Mit dem Seidentuch in der Hand geht er zum Schlafzimmer.

» Ich wäre dann soweit «, sagt er und öffnet die Tür. Daniela steht nackt vorm Bett und zieht gerade den Bademantel an.

» Du bist wunderschön «, sagt er, während er auf sie zu geht und seine Hände unter den noch offenen Bademantel schiebt. Er umfasst ihre Hüften und streichelt danach sanft ihren Rücken. Dann zieht er sie zu sich heran und küsst sie.

Nach den wenigen Minuten, der für ihn zu kurzen Umarmung, löst er sich. Er tritt hinter sie, und während sie den Gürtel ihres Bademantels verknotet, verbindet er ihr mit dem Seidentuch die Augen.

» Du machst es aber spannend «, scherzt sie, lässt ihn aber gewähren.

Marco führt sie zum Bad, lässt sie an der Tür stehen und dreht das einlaufende Wasser ab. Es riecht stark nach heißer Schokolade. Dann hebt er den Korb mit den Rosenblättern auf und verstreut sie von der Wanne bis zur Tür.

» Was ist das? «, fragt Daniela.

» Was ist was? «

» Was da eben so geraschelt hat. «

» Och, nichts weiter. «

» Hm, hier riechts nach...« Daniela saugt die Luft in die Nase, » nach Kakao. Du hast doch nicht heiße Schokolade gemacht? « Sie lächelt. » Du hast doch daran gedacht. «

» Heiße Schokolade, kann man so sagen «, grinst Marco und drückt die Fernbedienung. Während leise die Musik erklingt, ergreift er ihre Hand und führt sie langsam zur Wanne.

» Was ist das auf dem Boden? «

» Meine Liebe, die ich dir zu Füßen lege «, antwortet Marco. Er öffnet den Gürtel und zieht ihr den Bademantel aus. Dann küsst er ihre Brüste und fasst ihre Hände.

» Jetzt das rechte Bein heben und vorsichtig in die Wanne steigen. «

Daniela steigt in die Wanne und lässt sich in die heiße Schokolade gleiten. Marco nimmt zwei Dosen Sprühsahne und entleert sie auf dem Kakao über Danielas Oberkörper. Dann hebt er eine Handvoll Rosenblätter auf und streut sie in die Wanne.

» Du machst es spannend und mich sehr neugierig. Was tust du da? «

» Moment « Marco stellt die leeren Dosen vor die Wanne und nimmt Daniela die Augenbinde ab.

» Was ist…«, beginnt sie zu fragen, stockt aber und lächelt Marco an. » Du verrückter Kerl. «

» Eigentlich wollte ich dir nach einem stressigen Tag etwas Entspannung geben. Ich hatte von deinem Erfolg heute keine Ahnung. Und weil doch heute Schokofreitag ist, dachte ich, das wäre passend… irgendwie. «

Daniela schaut ihm in die Augen und blinzelt. Ihr sind Tränen in die Augen gestiegen. » Marco, ich liebe dich, du verrückter, faszinierender Mann. «

Sie zieht ihn zu sich heran und küsst ihn lange und fordernd.

» Zieh dich aus und komm rein «, fordert sie ihn mit einem vielsagenden Blick auf.

» Gleich « Marco geht zum Schrank und holt die restlichen Dosen Sprühsahne. Er stellt sie vor die Wanne und greift in seine Hosentasche.

» Ich hab da noch was auf dem Herzen «, sagt er und stockt sofort. » Moment, was vergessen. «

Er springt auf und läuft in die Küche. Als er wenige Sekunden später wieder im Bad erscheint, hat er eine Flasche Sekt und zwei Sektkelche in Händen. Er stellt die Gläser auf der Wanne ab und öffnet die Flasche. Dann füllt er die Gläser. Wieder greift er in seine Hosentasche. Er holt einen Ring hervor und kniet sich neben die Wanne.

Daniela setzt sich auf und schaut ihn fragend an. Die von ihren Brüsten fließende Kakaosahne und ihre jetzt braune Haut, bringen Marco nicht nur zum Schmunzeln.

» Daniela «, beginnt er, » ich liebe dich mehr als alles andere auf der Welt. Du machst mich zum glücklichsten Mann, den es geben kann. Ich möchte dir für den Rest unseres Lebens heiße Schokolade machen.

Willst du mich heiraten? «

Daniela laufen die Tränen über die Wangen. Sie streckt beide Arme nach Marco aus und umarmt ihn fest.

» Ja, ich will. «

Marco löst sich sanft und schiebt ihr den Ring über den Finger. Sie betrachtet den Ring und schaut dann Marco an.

» Du hast ihn dir gemerkt, als wir vor dem Schaufenster standen. Er ist wunderschön. Ich liebe dich Schatz. «

Marco streichelt ihre Hand. » Ich liebe dich auch. «

Daniela lächelt und beginnt die Knöpfe an seinem Hemd zu öffnen. Sie sieht die braunen Flecke, die ihre Umarmung auf seinem Hemd hinterlassen hat.

» Schau an, jetzt hast du meine heiße Schokolade am Hemd. Aber keine Sorge «, sagt sie grinsend, » ich komme selbstverständlich für die Reinigung auf. «

Beide lachen. Marco zieht sich unter den vielsagenden Blicken Danielas aus und steigt zu ihr in die Wanne.

» Zu was eine heiße Schokolade im havana alles führen kann «, sagt er.

Sie stoßen verliebt mit ihrem Sekt an und Daniela greift nach einer Dose Sprühsahne vor der Wanne. Auch Marco hat gleich eine zur Hand und sie besprühen sich gegenseitig auf sinnlichste Weise.

» Weißt du was? «, fragt Daniela, » wenn wir jetzt im havana was zu trinken bestellen, werd ich immer an heute denken müssen. An unseren Schokofreitag und an unsere

heiße Schokolade. «

Wenn du lächelst...

Wenn du lächelst, scheint die Sonne,

dann schmelze ich wie Wachs dahin,

für all meine Sinne, bist du die Wonne,

erst du gibst meinem Leben den Sinn.

Wenn du lächelst, erstrahlen die Sterne,

ist auch noch so finster die Nacht,

schiebst alle Wolken in weiteste Ferne,

denn auch dazu hat dein Lächeln die Macht.

Wenn du lächelst, erwach' ich zum Leben,

bin ich auch in tiefer Trauer, statt Glück,

denn auch das kann dein Lächeln mir geben,

selbst von den Toten holt es mich zurück.

Wenn du lächelst, dann vergess' ich die Welt,

dann existier' ich nur für dich ganz allein,

weil für mich dann nichts and'res mehr zählt,

als nur mit dir glücklich zu sein.

Nimrodus

Episode 3

Liebes – Spiel

Natascha sitzt schon fünf Minuten im havana, als Björn in den Nebenraum tritt. Er schaut sich um und entdeckt sie am letzten Tisch in der hintersten Ecke. Sie hat diesen Platz mit Absicht gewählt. Er schien ideal für ihr Vorhaben zu sein.

Sie hebt ihre Hand und winkt ihm zu. Björn winkt zurück und schreitet langsam auf sie zu. Er grüßt noch einen Bekannten, der einige Tische weiter vorne mit einer hübschen Frau sitzt, die Björn nicht kennt.

Bei Natascha angekommen, zieht er seine schwarze Lederjacke aus und hängt sie sorgfältig über die Stuhllehne.

» Hallo Natascha «, sagt er und nimmt ihr gegenüber Platz.

» Hallo Björn, schön dich zu sehen «, sagt Natascha und lächelt ihn an.

» Ja, ich freue mich auch. War ja leider ein recht kurzes Vergnügen bei Rolfs Geburtstag. Umso mehr hat es mich gefreut, dass du zu meiner Einladung nicht nein gesagt hast. Aber ich musste dich einfach wieder sehen. «

Björn setzt sein charmantestes Lächeln auf und schaut ihr in die Augen. Sie ist in der Tat eine sehr schöne Frau. Ihr hellbraunes und lockiges Haar hängt ihr offen über die Schultern.

Ihre braunen Augen scheinen ihn einzuladen nur sie anzuschauen. Die leicht gezupften Augenbrauen unterstreichen diesen Effekt noch und machen ihre Augen zu einem starken Magneten für seine Blicke.

Sie war ihm sofort aufgefallen, als er bei Rolfs Geburtstag erschien. Glücklicherweise stand sie nicht bei der Gruppe um Tamara, als er sich ihr, nach kurzem Blickkontakt, näherte. Es wäre selbst ihm etwas peinlich gewesen, in Gegenwart seiner Ex mit ihr ins Gespräch zu kommen.

Tamara hatte er auch auf einer Party kennen gelernt. Aber nach wenigen Wochen war sein Interesse an ihr erloschen. Sie ging ihm nicht genug auf seine Wünsche ein. Und so beendete er ihr kurzes Verhältnis genauso schnell, wie es begonnen hatte. Dass sie darunter sehr litt, bereitete ihm dabei keine allzu großen Kopfschmerzen.

» Tut mir Leid, aber wir passen einfach nicht zusammen «, waren seine Worte, als er Tamara vor wenigen Tagen das Ende ihrer Beziehung mitteilte.

Natascha stand bei einigen seiner Bekannten und nachdem sie sich vorgestellt hatten, kamen sie recht schnell ins Gespräch. Sie war zu Besuch hier in Alzey und würde nur einige Wochen bleiben.

Als sie kurze Zeit später tanzten, war er von ihrem körperlichen Ausdruck überwältigt. Sie tanzte vor ihm, wie ein Engel auf Wolken und bewegte sich überaus reizvoll. Schon nach kurzer Zeit regte sich in ihm mehr, als der Wunsch, enger mit ihr zu tanzen. Doch noch während er sich den Abend in rosigsten Farben ausmalte, klingelte ihr Handy.

» Sorry Björn, aber ich muss gehen «, sagte sie zu ihm, während sie sich ihre Jacke anzog.

Er war völlig verdutzt, hing er doch noch in seinen Vorstellungen eines gelungenen Abends.

» Was ist denn los, ist was passiert? «

» Nichts schlimmes, ich kann nur nicht bleiben, vielleicht sehen wir uns ja noch mal in nächster Zeit. Bin ja noch drei Wochen hier. «

Björn schluckte. » Ich weiß ja nicht mal wo ich dich finden kann. Und deine Nummer hab ich auch nicht. «

Irgendwie klang er etwas hilflos, als er die Möglichkeit schwinden sah, diesen wunderschönen Traum von einer Frau doch noch » näher « kennen zulernen.

Natascha grinste ihn an. » Gib mir deine Nummer, ich melde mich bei dir. «

Und das hatte sie dann auch getan. Sie hatten sich für heute im havana verabredet.

» Was darf ich euch bringen? «

Ruxi ist bei ihnen am Tisch erschienen und Björn taucht wieder aus seinen Gedanken auf. Er schaut zu Ruxi und stellt fest, wie ähnlich sie Natascha ist. Auch sie trägt ihr lockiges Haar offen über die Schultern. Nur ist Ihr Haar mittelblond mit hellen Strähnen. Aber auch die Augen von Ruxi sind ein echter Blickfang. Sie haben ein offenes und freundliches Lächeln, wenn sie einen anspricht. Ihre dunklen Augen und die braune Haut lassen südländisches Blut in ihren Adern vermuten. Dank ihres schulterfreien Tops kann er einen Blick auf die tätowierte Rose werfen, die auf ihrer rechten Schulter zu sehen ist.

» Ich nehme einen Cappuccino «, sagt Natascha und schaut wartend zu Björn.

Ihr war sein augenscheinliches Interesse an der hübschen Bedienung nicht entgangen. Vielleicht lag es ja auch nur an der gleichen Art wie sie ihr Haar trugen, oder, dass sie etwa gleich groß waren. Wobei einmetervierundsechzig nicht gerade groß ist.

» Ich auch «, sagt Björn, lächelt kurz zu Ruxi und schaut dann etwas verlegen zu Natascha.

» Ihr habt – sehr ähnliche Frisuren «, sagt er, um seine Blicke zu rechtfertigen.

» Ist mir auch aufgefallen, aber wir sind doch nicht hier, um uns über Frisuren zu unterhalten, oder? «

» Sicher nicht, viel mehr würde mich interessieren, warum du so plötzlich gehen musstest. Weil du ja schließlich nicht alleine gegangen bist, mein ich. «

» Wie bitte? Du hast doch gesehen, dass ich alleine gegangen bin. «

» Nein – mit dir ging die Schönheit – und meine Lust auf die Party. «

Natascha grinst. Noch ohne darauf zu antworten sieht sie ihn nur an. Sie schaut auf seine schwarzen und stark gelockten Haare und auf seine zwei goldenen Ohrringe an seinem linken Ohr.

Als Ruxi dann ihre zwei Cappuccino bringt, bedankt sich Björn ohne sie erneut anzusehen.

» Hast du schön gesagt eben, ich hoffe nur, ich hab dir nicht den Abend verdorben, weil ich gehen musste. «

Sie schaut ihm beim Reden in die Augen und beobachtet seine Reaktion auf ihre Worte. Wie beiläufig, beginnt sie, mit ihren Haaren zu spielen.

» Ehrlich gesagt, wäre es mir lieber gewesen, wenn du hättest bleiben können. Der Abend war einfach nicht mehr derselbe, nachdem du fort warst. «

Etwas zögernd fährt er fort, während er seine Tasse ein Stück von sich schiebt.

» Ich hab Rolf nach dir gefragt. Nun, ich wollte wissen wo ich dich finden könnte. Aber er meinte, du wärst mit Peter gekommen und der war leider auch schon weg. Keiner der Anderen kannte dich, war irgendwie geheimnisvoll, genauso wie dein unerwartetes Verlassen der Party. «

» Geheimnisvoll, soso, ich bin also geheimnisvoll für dich? « Natascha lächelt ihn an und spielt mit den kleinen Kugeln an ihrem linken Ohrring.

» Irgendwie schon. Da ist eine schöne Frau auf einer Party, die keiner kennt. Sie tanzt anmutig wie ein Engel und sieht aus wie eine wahre Göttin. Dann verschwindet sie wie Aschenputtel, als wäre Mitternacht. «

» Und der Prinz macht sich erfolglos auf die Suche nach seiner – Tanzpartnerin. Wie wäre das Märchen wohl ausgegangen, hätte Aschenputtel die Handynummer des Prinzen gewusst? « Natascha lacht kurz auf und greift nach ihrem Cappuccino.

» Ja, mach dich nur lustig über mich, hab's wohl verdient. War ein blöder Vergleich. «
Björn schaut verlegen in seinen Cappuccino und überlegt, wie er diese Scharte wieder ausfeilen kann.

» Lass nur, weiß schon, was du sagen willst. Du hast eben nur eine sehr blumige Sprache, wenn es um solche Dinge geht. Ich hab dich nicht ausgelacht, es war nur – so hat mich noch niemand beschrieben. Als geheimnisvolle Prinzessin, die tanzt wie ein Engel. Musst zugeben, dass so was nicht gerade ´ne übliche Beschreibung für eine Frau ist, die man erst kennen gelernt hat. Oder die man gerade kennen lernen will. Aber ich muss zugeben, es klingt zumindest sehr romantisch. «

Björn lächelt sie an und nippt an seinem Cappuccino. Diese Frau faszinierte ihn immer mehr. Er wollte sie wirklich kennen lernen. Irgendwie hatte er ein Gefühl von Harmonie und Verständnis, wenn er sich mit ihr unterhielt. Sie war anders als seine bisherigen Eroberungen. Obwohl sie ihm den Kontakt so leicht gemacht hatte, bewahrte sie, trotz aller aufkommenden Vertrautheit, eine gewisse Distanz.

» Irgendwie schade, dass du hier nur auf Besuch bist. Kommst du denn öfter hier nach Alzey oder ist dieser Besuch eine Ausnahme? «

» Keine Ausnahme, ich bin immer in der Gegend wenn mein Studium es erlaubt. Leider muss ich auch in den Semesterferien jobben. So hab ich eben nie viel Zeit, wenn ich mal hier bin. Aber verzichten kann und will ich auch nicht ganz. Meine Oma wohnt hier und sie freut sich immer, wenn ich sie besuchen komme. Sie war sehr traurig, als ich damals weggezogen bin. Und ehrlich gesagt, wenn ich nicht das Industriestipendium bekommen hätte, wäre ich wahrscheinlich nicht gegangen. «

» Industriestipendium? Ich dachte so was gibt's in Deutschland gar nicht. Klingt interessant. Was studierst du denn? «

» Biochemie. Über eine deutsche Stiftung war ich zuerst in Wisconsin in Amerika, danach bin ich dann an die NRW, die Graduate School of Chemistry, nach Münster gegangen. Und dieses Jahr werde ich hoffentlich meinen Abschluss machen. «

Björn zieht die Augenbrauen hoch. Natascha wurde immer interessanter für ihn. Sie war nicht nur eine sehr schöne Frau, sie musste auch recht intelligent sein, wenn sie ein Stipendium in Biochemie bekam.

Er selbst hatte auch studiert, allerdings waren ihm Fächer wie Chemie zu anstrengend, als dass er eine solche Richtung einschlagen wollte. Er fand Maschinenbau interessant genug und war froh nach seinem Studium eine passable Anstellung in einem Wormser Betrieb gefunden zu haben.

» Welchen Abschluss machst du, Bachelor? «

» Hab ich schon, jetzt kommt der Masterabschluss. «

Natascha sagte das mit einer Beiläufigkeit, als wäre es die normalste Sache der Welt, einen Masterabschluss in Biochemie zu machen. Björn schaut sie beeindruckt an.

» Alle Achtung, wenn ich alles vermutet hätte, aber das nicht. «

» Was hast du denn gedacht? Hübsches Püppchen, wird BWL studieren, weil sie nichts Besseres auf die Reihe bekommt? «

Sie lächelt ihn wieder an und stellte die Frage ohne allzu viel Ironie.

» Aber nein, kein Gedanke. Nur alleine Biochemie ist schon kein Jedermannstudium. Und dann noch ´nen Masterabschluss – du musst zugeben, dass so was schon erstaunen kann. «

» Ich bin auch nicht Jedermann. Nur weil man relativ gut aussieht, muss man nicht doof sein, oder darf keine höheren Ziele haben! «

» Bitte, so war das doch nicht gemeint. Ich hab allerhöchste Achtung vor dir. Du siehst also nicht nur umwerfend aus, du bist auch noch eine intelligente Frau mit großer Zukunft. Bald wird man Frau Doktor zu dir sagen müssen. «

» Ich geb dir Bescheid, wenn es soweit ist. «

Natascha grinst ihn an und trinkt an ihrem Cappuccino. Auch Björn nimmt einen Schluck und schaut ihr in die Augen. Sie begegnet kurz seinem Blick und schaut dann in die Flamme der Kerze.

» Aber genug von mir, erzähl mir ein wenig von dir. Du machst sicher mehr, als auf Partys fremde Frauen anzusprechen. «

Gespannt schaut sie ihm ins Gesicht und signalisiert ihm so ihr Interesse, als er von seinem Studium zu erzählen beginnt. Hin und wieder zieht sie eine ihrer dunklen Augenbrauen hoch. Es verleiht ihrem Gesicht den Eindruck des beeindruckten Zuhörens. Sie hat Interesse an ihm. Und das zeigt sie ihm mit jeder Geste. Mit jedem Lächeln und jedem herzhaften Lachen, dringt sie tiefer in seinen Geist.

Und er genießt ihre Gegenwart mit jeder Minute mehr. Er sehnt sich danach, dass sie ihm tief in die Augen schaut. Doch sie bricht den Blickkontakt zu seinen Augen immer wieder ab. Dann lächelt sie und schaut auf seinen Mund oder auf seine zwei goldenen Ohrringe.

Wenn sie dann erzählt, legt sie ihre linke Hand seitlich an den Hals und neigt den Kopf leicht zur Seite. Er schaut ihr in die dunkelbraunen Augen und beginnt sich darin zu verlieren.

Natascha genießt seine aufkommende Sehnsucht nach ihr. Und durch ihre zahlreichen kleinen Gesten steigert sie sein Verlangen noch mehr.

Immer wieder fasst sie sich in die Haare und dreht sich eine Strähne um den Finger. Fasziniert beobachtet er sie dabei. Und im Stillen wünscht er sich, es wäre seine Hand, die durch ihre Haare fährt. Sanft würde er ihr in den Nacken fassen, um dann ihr lockiges Haar durch seine Finger gleiten zu lassen.

Stattdessen liegen seine Arme auf dem Tisch und seine Hände fast ruhig aufeinander. Wenn sie sich beim Reden ab und an die Lippen befeuchtet, wünscht er sich, er könne der Lipgloss sein, der sie berühren darf.

Und Natascha genießt den Glanz des Verlangens in seinem Blick. Sie kostet jede Sekunde seiner sehnsüchtigen Blicke aus. Sie will, dass er vor Verlangen brennt. Dass er sich nichts sehnlicher wünscht, als sie zu besitzen. Aber er ist noch nicht reif. Zu gut hat er sich noch unter Kontrolle. Wenn sie ab und zu ganz beiläufig ihre Hand auf den Tisch legt, macht er noch keine Anstalten sie zu berühren.

Und sie will, dass er, die bisher berührungslose Spannung löst. So wickelt sie weiter Haarsträhnen um ihren Finger. Sie spielt an ihrem Ohrring und beginnt langsam in seine

Augen zu schauen. Die Veränderung in ihrem Verhalten bleibt nicht lange ohne Wirkung.

Björn genießt den zunehmenden Augenkontakt mit ihr. Mit seinen Augen verschlingt er jede ihrer Gesten. Und seine Nase saugt ihren Duft in sich ein, bis sein Verlangen nach ihr darin zu baden scheint.

Bald würde es soweit sein. Bald würde sie ihr Ziel erreicht haben. Sie legt ihren rechten Arm auf den Tisch und beginnt verspielt, die brennende Kerze in ihrer Hand zu drehen. Und immer wieder neigt sie ihren Kopf, wenn er erzählt. Ihre Blicke hängen dann an seinen Lippen, oder treffen die Seinen zu einem kurzen und tiefen Kontakt. Genüsslich und betont langsam, leckt sie sich den Schaum von den Lippen, wenn sie an ihrem Cappuccino trinkt. Sie sieht, dass dann jedes Mal seine Augen auf ihren Lippen ruhen.

Verlegen schaut er in die Flamme der Kerze, wenn er erkennt, dass sie seinen Blick bemerkt. Beim ersten Mal kann sie eine leichte Veränderung in seiner Gesichtsfarbe erkennen. Er wäre fast rot geworden. Aber eben nur fast.

Er ist selbst zu geübt in diesem Spiel. Ja, er selbst spielt mit Worten und Blicken. Auch wenn seine Gestik bei weitem nicht so nuancenreich ist wie ihre, setzt er doch ein was er kann.

Sein anfangs aufgesetztes Grinsen, ist einem von Verlangen geprägten Lächeln gewichen. Seine Blicke, die anfänglich noch taxierend und sogar fordernd gewesen waren, sind jetzt voller verzehrender Sehnsucht.

Sie war ihrem Ziel sehr nahe. Es würde nicht mehr lange dauern, bis er sich nicht mehr unter Kontrolle haben würde. Er würde sich ihr offenbaren und das Gespräch wieder in andere Bahnen lenken wollen. Aber sie würde bestimmen wann. Mit nur einer Frage.

» Na ja, vielmehr gibt's über mich nicht zu erzählen, außer vielleicht, dass ich auch Snowboard fahre neben Alpinski. Dass du allerdings Fallschirmspringerin bist, hätte ich genauso wenig vermutet, wie dein Studiengebiet. «

» Übertreib nicht so, ich bin gerade achtmal gesprungen. Und wenn mein Cousin dort nicht Ausbilder wäre, hätte ich vielleicht nie den Versuch gemacht. «

» Trotzdem überrascht es mich immer wieder, wenn du von dir erzählst. Du bist in der Tat eine sehr außergewöhnliche Frau. Schön wie eine Orchidee und bezaubernd wie Aphrodite. Und für mich fast so rätselhaft, wie die Wunder der Antike. «

» Du hast echt ein Faible für ausgefallene Umschreibungen, weißt du das? Außerdem hast du Glück, dass du eben rätselhaft und nicht alt gesagt hast. «

Natascha lächelt ihn an und schaut ihm erneut in die Augen. Es war soweit. Sie kann das leise Zittern in seiner Stimme wahrnehmen und sein Verlangen nach ihr, überdeutlich in seinen Augen lesen.

Jetzt war der Moment gekommen, die Richtung zu ändern und auf seine Umschreibungen und Wortspielereien einzugehen. Seine Andeutungen waren klar und überdeutlich.

Ruxi hat ihnen zwischenzeitlich neue Getränke gebracht und die niedergebrannte Kerze ausgetauscht. Ihren wachsamen Augen war das Spiel der Beiden nicht entgangen. So wählte sie die wenigen Momente sorgfältig aus, in denen sie die Beiden stören konnte.

Natascha greift wieder nach der Glashalterung und beginnt sie in der Hand zu drehen. Vorsichtig dreht sie immer nur ein kleines Stück des heißen Glases. Und sie stellt die Frage, mit der sie dem Gespräch eine neue Richtung geben würde.

» Ich bin also schön, wie eine Orchidee? «

» Oh ja, das bist du, wahrhaftig. Du bist eine sehr schöne Frau. Und überdies wirst du immer interessanter für mich.

Ich denke, dass du eine außergewöhnliche Frau bist. Nicht nur schön, auch intelligent und fast mystisch-interessant. « Björn ist froh, endlich Gelegenheit zu haben, Natascha zu sagen, was er von ihr hält. Jetzt wird er ihr auch sagen, was er für sie zu empfinden beginnt. Die wenige Zeit die sie noch in Alzey bleiben wird, will er nach Möglichkeit mit ihr verbringen. Er fühlt sich in der Tat sehr angezogen von ihr. Er muss es ihr sagen. Unbedingt!

» Danke für das Kompliment, ich hoffe nur, du meinst auch was du sagst. «

» Mit jeder Faser meines Herzens. «

Natascha schaut ihm jetzt tief in die Augen. Sie will sehen, ob er wirklich meint, was er sagt. Er hält ihrem Blick stand und lächelt sie verliebt an. Er steht in Flammen.

Jetzt wird sie ihn verbrennen lassen. Es ist Zeit, ihn für seinen leichtfertigen Umgang mit den Gefühlen der Frauen, bezahlen zu lassen.

Dass Tamara ihre Cousine ist, muss er dazu nicht wissen. Auch nicht, dass sie sich bei Natascha ausgeweint hat, nachdem er kurzerhand ihre Beziehung beendete. Dass sie als Rächerin hier aufgetaucht ist, würde er vielleicht ganz am Schluss erfahren. Nur um den Sieg über seine Art deutlich und endgültig zu machen. Er hat nur mit Tamara gespielt, wie mit vielen anderen vor ihr. Sein Ruf diesbezüglich ist eindeutig. Er sucht nur sein Glück. Dabei sind ihm die Gefühle der Anderen völlig gleichgültig.

Das Bild, das sie sich bisher hier im havana von ihm machen konnte, unterstrich diesen Standpunkt noch. Auch mit ihr schien er anfangs zu spielen. Doch sie weiß genau worauf sie sich einlässt. So kann sie steuern was geschehen soll. Und sie will, dass er sich verliebt. Je schneller das geschehen wird, umso besser.

Jetzt wird sie mit ihm flirten, bis er den Kopf verliert. Sie wird ihn in seinem Wunsch bestärken, sie zu besitzen. Es war Zeit für den nächsten Schritt.

» Entschuldigst du mich einen Moment bitte? «

Natascha steht von der Bank auf und geht seitlich zwischen den Tischen hindurch. Dabei streift sie wie zufällig mit ihrer Hüfte seinen Arm.

» Sicher, ich hoffe du kommst wieder…«, grinst Björn sie an.

» Sollte ich einen Grund haben weg zu bleiben? «

» Ich hoffe nicht «, sagt Björn, der sich auf seinem Stuhl zur Seite gedreht hat, um Natascha ansehen zu können.

Sie hat sich zum Gehen gewandt und fasst sich mit beiden Händen an den Po. Die Hände auf den Jeans, fährt sie sich beim Gehen langsam über den Po zu den Schenkeln. Erst als sie für Björn außer Sichtweite ist, beendet sie die Vorführung.

Björn schaut ihr nach, bis sie unter dem Durchgang, in Richtung Bar, zu den Toiletten verschwunden ist. Was für eine traumhafte Figur, denkt er sich, während er die Augen nicht von ihr lassen kann. Er muss ihr sagen, was er für sie empfindet.

Auf keinen Fall mehr will er mit ihren Gefühlen spielen. Zum ersten Mal will er das Vertrauen einer Frau gewinnen und nicht nur ihren Körper. Diesmal geht es ihm um das Herz und nicht nur die Lust. Irgendwie muss er ihr das verständlich machen. Sie muss wissen, dass er sich in sie verliebt hat. Mit Haut und Haaren.

Natascha ist für ihn etwas Anderes. An ihr fasziniert ihn nicht nur ihr Äußeres. Zu ihr fühlt er sich hingezogen, wie zu keiner Frau vor ihr. Er war schon oft verliebt, aber noch niemals so.

Natascha ist wahrhaftig eine Göttin. Und er will sie nicht besitzen. Nein, er will zum ersten Mal den Menschen hinter der Fassade kennen lernen.

Ein völlig neues Gefühl macht sich in Björn bemerkbar. Er weiß nur nicht richtig, wie er damit umgehen soll.

» War ich zu lange weg? «

» Nein, durchaus nicht, wieso fragst du? «

Natascha ist lautlos am Tisch erschienen und Björn bemerkt sie erst, als sie schon neben ihm steht. Langsam schmiegt sie sich an ihm vorbei und nimmt wieder auf der Bank Platz.

» Du machst plötzlich einen so nachdenklichen Eindruck. Deswegen frage ich. «

» Nun ja, ich habe in der Tat nachgedacht. Aber dein Anblick vertreibt alle Nachdenklichkeit. Wenn ich dich anschaue, fühle ich mich einfach – ich weiß nicht, irgendwie ist da ein neues Gefühl. Ich habe so was noch nie empfunden. Es ist so – anders. «

» Sagst du das zu jeder deiner Eroberungen? Verzeih, es hört sich nur wie eine Masche an. Du bist nicht mehr so ausgefallen mit deinen Beschreibungen. Das fällt schon etwas auf. «

Natascha grinst ihn an und wartet gespannt auf seine Reaktion.

Björn legt seine Hände über Mund und Nase und stützt sein Kinn auf beide Daumen. Traurig blickt er sie an, wissend, dass alles jetzt von seiner Antwort abhängt.

» Nein, um ehrlich zu sein, sage ich so was zum ersten Mal zu einer Frau. Ich hab` so was noch nie empfunden. Zugegeben, ich habe schon oft mit Worten gespielt. Und vielleicht auch manchmal mit den Gefühlen der Anderen. Aber bei dir kann ich nicht spielen. Du bist so anders als alle, die ich bisher kennen gelernt habe. Du bist wirklich etwas ganz Besonderes. Ich möchte nichts weiter, als dich näher kennen lernen.

Natascha schaut ihm in die Augen und bemerkt eine Veränderung in seinem Blick. Sollte er doch nicht so abgebrüht sein, wie sie vermutete?

» Du machst einen traurigen Eindruck. Ist was nicht in Ordnung? «

» Ich weiß nicht. Als du weg warst, hab ich nachgedacht. Ich hab viel Mist gebaut in meinen Beziehungen. Und ich will nicht, dass das so weiter geht. Vielleicht war ich zu egoistisch oder ich habe nur nie die Richtige getroffen. Du könntest die Richtige sein. Bei dir fühle ich etwas, das früher nicht da war. Verstehst du das? «

Natascha schaut ihm nur in die Augen. Sie weiß nicht, ob sie wirklich verstehen kann. Zu ersten Mal hat sie Zweifel an der Richtigkeit ihres Vorhabens. Kann man sich so in einem Menschen irren? Oder ist etwa was dran an seinen

Worten? Ist sie vielleicht wirklich etwas Besonderes für ihn? Dass er attraktiv ist kann sie nicht leugnen. Aber das will nichts heißen. Der Mensch selbst zählt. Mit all seinen Eigenarten und Charakterzügen.

Björn kennt sie nur aus den Beschreibungen von Tamara. Und langsam wandelt sich ihr Bild von ihm. Sie bekommt Angst, dass sie ihn vielleicht wirklich verletzen könnte. Was wäre, wenn er sich wirklich in sie verliebt hat. Wenn seine Worte aufrichtig sind und er es ehrlich meint?

Egal. Er hat ja auch mit den aufrichtigen Gefühlen der Anderen gespielt. Ihm war es auch egal, ob sie verletzt wurden. Eine Lektion konnte nur gut sein. Er muss erkennen, dass man nicht mit den Gefühlen Anderer spielt. Also wird sie es durchziehen.

» Ich weiß nicht ob ich es verstehe. Was war denn so anders bei deinen bisherigen Beziehungen? «

» Wie soll ich das erklären? Ich hab` Angst, dass du gehst, wenn ich darüber rede. Andererseits will ich ehrlich sein zu dir. Du bedeutest mir wirklich mehr, als nur ein Urlaubsflirt. Und ich möchte auf keinen Fall einen falschen Eindruck erwecken bei dir. «

Natascha wird nachdenklich. Seine Worte berühren sie. Aber war das wirklich seine Überzeugung oder nur eine

Masche? Sie ist sich einfach nicht sicher. Aber sie beschließt, es heraus zu finden.

» Vielleicht solltest du einfach nur ehrlich sein und ohne Umschreibungen erzählen. Sei einfach so, wie du bist. Versuch nicht mich zu beeindrucken oder mir zu schmeicheln. Ich bilde mir mein Urteil schon, wenn ich erkenne wie du wirklich bist. Wer weiß, vielleicht will ich dich ja dann auch näher kennen lernen. «

» Darf ich euch noch was bringen? « Ruxi ist nach längerer Pause wieder bei ihnen erschienen. Sie steht schräg hinter Björn, der sich nur kurz nach ihr umdreht. Er will auf keinen Fall mehr ein Risiko eingehen, indem er der schönen Bedienung zu viel Aufmerksamkeit schenkt.

Natascha hat schon die Karte in der Hand und bestellt sich einen Kahlua-white.

» Kaffeelikör mit aufgeschäumter Milch, hört sich lecker an «, sagt sie an Ruxi gewand.

» Nehm` ich auch «, sagt Björn, » schmeckt wirklich gut hier. «

» Zwei Kahlua-white «, wiederholt Ruxi und ist schon zu einem anderen Tisch unterwegs.

» Nun, wie soll ich anfangen? Ich hatte mir bis heute nicht viele Gedanken über meine Beziehungen gemacht. In den wenigen Minuten deiner Abwesenheit ist mir einfach bewusst geworden, dass es bei dir völlig anders ist. Bisher war ich nie so, wie soll ich sagen, so angetan von einem Menschen. Ich dachte immer nur daran eine schöne Zeit mit jemandem zu verbringen. Ziemlich subjektiv, was man unter einer schönen Zeit versteht, wenn man nicht auf den Anderen eingeht. Egoismus könnte man es auch nennen. Mir war einfach nur wichtig, glücklich zu sein. «

Natascha schaut in die Flamme der Kerze und versucht ihre erneut aufkommenden Zweifel zu besiegen. Björn scheint aufrichtig zu erzählen. Und was die Sache noch schlimmer macht ist, dass sie beginnt Gefühle für ihn zu empfinden. Sie schaut ihm fragend in seine blauen Augen.

» Und was ist dir jetzt wichtig? Warum ist es jetzt etwas Anderes für dich? «

Björn streckt seine rechte Hand über den Tisch aus. Vorsichtig und zaghaft berührt er Nataschas Hand, die diesmal völlig unbewusst mit der Kerzenhalterung spielt.

» Diesmal möchte ich nicht nur glücklich sein. Ich möchte, dass du glücklich bist. Dass vielleicht wir glücklich sein könnten, zusammen. Du bist mir ein zu wertvoller Mensch, als dass ich dich verletzen könnte. «

Björn schaut Natascha an und streichelt sanft ihre Hand. Noch nie kam er sich so verletzlich vor, wie in diesem Moment.

Natascha schaut zur Seite und betracht Ruxi, die gerade auf dem Weg zu ihnen ist. Als sie die beiden Kahlua-white abgestellt hat, bedanken sich beide. Ruxi bemerkt die Spannung, die gerade in der Luft schwebt und ist augenblicklich mit einem Lächeln auf den Lippen verschwunden.

» Das hört sich zu schön an, was du da sagst. Ich wünschte mir, es wäre wirklich die Wahrheit. «

» Natascha, es ist die Wahrheit. Noch nie war es mir so ernst, wie jetzt bei dir. Ich habe mich vielleicht zum ersten Mal in meinem Leben wirklich verliebt. «

Björns Augen bekommen einen Glanz, den Natascha bisher nicht bemerkte. Sie fürchtet, dass er es wirklich ernst meint. Sie rührt ihren Kahlua-white um und nimmt einen Löffel Schaum in den Mund. Sie legt den Löffel neben das Glas und schaut ihn an.

» Wenn ich mir nur sicher sein könnte, Björn. Aber ich muss dir etwas anderes sagen. Es wäre unfair es zu verschweigen. Aber wenn du es wirklich ernst meinst, wirst du damit umgehen können. «

Björn schaut sie fragend an. Irgendwie beschleicht ihn eine graue Vorahnung von dem was da jetzt kommen wird. Er will jetzt keinen Fehler machen. Und doch muss er sich Luft machen. Zu sehr bedrückt ihn die Vorstellung diese wunderbare Frau zu verlieren, noch bevor er sie gewonnen hat.

» Es kann nur um meine bisherigen Beziehungen gehen, vermute ich. Verzeih, aber du hattest es ja schon angedeutet. Ich hoffe nur, du bildest dir dein Urteil wirklich selbst. Hör bitte nicht nur auf das, was man über mich vielleicht erzählt.

Allerdings könnte ich es dir auch nicht verdenken. Ich hoffe nur, du gibst mir die Chance, dich näher kennen zu lernen. Und auch dir, mich näher kennen zu lernen. «

» Tamara ist meine Cousine. «

Björn verbirgt sein Gesicht in den Händen und stößt die Luft mit einem Zischen aus. Dann schaut er Natascha in die Augen.

» Es musste wohl einmal so kommen. Wenn es ein Schicksal gibt, hoffe ich, dass es auch gerecht ist. Ich hab`s wohl nicht anders verdient. Aber warum ausgerechnet du? Warum passiert mir das, wenn ich mich zum ersten Mal richtig verliebe? Überdenke es bitte noch einmal. Ich bin nicht so schlecht, wie du von mir zu denken glaubst, bitte. «

Natascha schaut ihm in die Augen und seufzt.

» Ich mag dich irgendwie. Wenn ich dich unter anderen Umständen kennen gelernt hätte, wer weiß was jetzt wäre. Aber ich kann nicht. Verzeih mir.

Mit diesen Worten steht Natascha auf und nimmt sich ihre Jacke von der Bank. Sie geht zwischen den Tischen nach vorne und zieht sie an.

Björn steht auf und sieht sie hilflos an.

» Bitte geh` nicht. «

» Ich hab deine Nummer. Aber ich muss jetzt einfach mit Tamara reden. «

Natascha beugt sich leicht nach vorne und gibt Björn einen Kuss auf die Wange.

» Ich muss nachdenken, Björn. Gib mir etwas Zeit. Ich bin nicht sicher, aber vielleicht sehen wir uns doch wieder. Vielleicht treffen wir uns bald wieder hier. Ist irgendwie ein besonderer Ort, dieses havana.

Mit diesen Worten dreht sich Natascha um und verlässt das havana.

Björn nimmt wieder Platz ohne die interessiert blickenden Gäste zu beachten. Er ist unsterblich verliebt. Und doch hat er noch nie einen Schmerz verspürt wie diesen. Er kann nur hoffen, dass Natascha sich wieder meldet. Und dann werden sie sich wieder treffen. Und vielleicht können sie einen neuen Anfang machen.

Demnächst, hier in der

café bar havana...

Alles an dir...

Alles an dir ist zauberhaft,
dein seidig' glänzend' Haar,
dein Blick ist so voller Magie,
du selbst, so wunderbar.

Das Spiel mit deinem Haar,
nicht nur mein Auge reizt,
alles an dir fürwahr,
ist nichts, mit dem man geizt.

Der Glanz in deinen Augen,
wenn tief ich in sie blicke,
der könnte dazu taugen,
dass ich dieser Welt entrücke.

Dein sinnlich-roter Mund,

der süßes mir verspricht,

ich wollt' er tät' mir Kund,

worauf ich so erpicht.

Deine zarten, rosa Wangen,

erglühten sie nur für mich,

alles an dir, es hat mich gefangen,

als lebte ich nur noch für dich.

Deine hübsch beringten Ohren,

ach, hörten sie doch mein Flehen,

ohne dich, da bin ich verloren,

kannst du das auch nicht versteh'n.

Alles an dir ist reine Schönheit,

wie auch dein ebnes, hübsches Gesicht,

dich nicht zu sehen heißt,

dass man auf schönsten Anblick verzicht.

Liest du einst diese Zeilen,

ich hoffe, dann glaubst du mir,

bei dir, da möchte ich ewig verweilen,

denn wovon ich träume, es ist alles an dir.

Nimrodus

Episode 4

Verlust

Gedankenverloren greift Ralf nach dem weißen Türgriff und zieht, wie schon unzählige Male vorher, die Tür auf. Er hebt den Kopf und schaut in den Raum, wobei er die vielen Leute nur am Rande wahrnimmt. Ein Schwall warmer Luft, gemischt mit etwas Zigarettenrauch und Parfum weht ihm entgegen.

Erst jetzt realisiert er wo er ist. Er steht im havana.

Ralf läuft schon seit einigen Stunden durch Alzey, ohne seine Umwelt bewusst wahr zu nehmen. Tief in seine traurigen Gedanken versunken, hat ihn sein Weg hierher geführt. Hier, an den Ort, wo er in den letzten Monaten so viele glückliche und unbeschwerte Stunden verbrachte.

Er wendet sich nach links und geht an der Bar vorbei in den schmäleren Raum des havana. Dort saßen sie fast immer, wenn sie sich hier trafen.

Isas freundliches » Hallo « über die Theke, erreicht zwar seine Ohren, nicht aber den Weg in sein Bewusstsein. Ralf ist viel zu sehr in Gedanken. Erst als Claudia, mit einem Tablett voller Gläser und Tassen, an ihm vorbei hinter die Bar will, muss er zur Seite treten.

» Hallo Ralf, lässt du mich mal durch? « begrüßt sie ihn lächelnd.

» Hallo, sicher «, ist Ralfs ganze Reaktion und schon ist er hinter dem Durchgang um die Ecke verschwunden. Er sieht die fragenden Blicke nicht, die Isa und Claudia tauschen.

» Was ist denn dem über die Leber gelaufen, er hat mich gar nicht bemerkt? « fragt Isa mehr sich selbst, als Claudia, die sie verwundert ansieht.

» Keine Ahnung «, kommt es von Claudia » so abwesend hab ich ihn noch nie gesehen. «

Isa runzelt die Stirn und wendet sich einem Gast an der Bar zu. Er bestellt sein zweites Pils und schiebt einen leeren Teller von sich. Sie hat heute den großen Raum, und weil Kalli ausnahmsweise eine Stunde später kommen würde, solange auch noch die Bar. Und das ausgerechnet an einem Samstagabend um halb neun.

Das havana ist bis auf wenige Plätze gefüllt und alle haben vollauf zu tun, um keinen der Gäste warten zu lassen. Isa muss sich auf ihre Arbeit konzentrieren und hat schnell Ralfs seltsames Verhalten vergessen. Währenddessen hat Ralf seine Jacke ausgezogen und sich an den letzten freien Tisch, gegenüber von Adrianas Wonderbra-poster gesetzt.

Er hat seine Schachtel Benson & Hedges auf dem Tisch liegen und macht gerade seinen ersten tiefen Zug, als

Claudia zu ihm kommt. Sein Blick geht durch sie hindurch und verliert sich im großen Spiegel an der Außenwand, des gegenüberliegenden Raumes.

Letzte Woche wäre ihm das nicht passiert. Er hatte immer einen Spruch auf Lager, wenn sich eine der hübschen Bedienungen näherte.

Obwohl sie alle überaus attraktiv sind, hat er weder bei Claudia, noch bei Jasmin oder Heike so viel riskiert wie bei Isa. Er mag sie alle hier im havana, auch Ruxi und Kathi hat er, genauso wie Soraya, schon mit seinen lustigen Sprüchen und überzogenen Komplimenten bedacht. Ob sie nun einen festen Freund hatten, der sie auch mal nach der Arbeit abholte, oder nicht, war ihm dabei egal. Ihm ging es nur um den Spaß. Und er genoss die Stunden mit seinen Freunden im havana sehr.

Anzüglich wurde er dabei nie, dafür war er mit seinen siebenundzwanzig Jahren schon zu reif. Von ihm waren eher Sätze zu hören wie: » Isa, wenn du den Raum betrittst, solltet ihr das Licht mehr dimmen, mit deiner Anmut und deinem Lächeln strahlst du heller als die Sonne. « Oder auch:

» Wenn ich ja geahnt hätte, dass du heute Abend Dienst hast, hätte ich den ganzen Raum gemietet, damit du nicht so viel zu tun und mehr Zeit für uns hast. «

121

Die zustimmenden Worte seiner Freunde hatten ihnen schon öfters die Antworten wie » Ach, ihr seid Spinner «, oder » Ruf doch nächstens vorher an «, eingebracht. Aber irgendwie machte dieses Spiel allen Spaß. Ernsthaft beschwert hatte sich darüber noch niemand. Und da sich die Vier mittlerweile seit über drei Jahren hier trafen, wurde es schon fast zu einem Ritual, dass zu ihren Besuchen im havana einfach dazu gehörte.

» Was darf ich dir bringen «, fragt ihn Claudia nun schon zum zweiten Mal. Ralf blinzelt und schaut Claudia an, die einen leicht irritierten Eindruck zu machen scheint.

» Wie immer? «, fragt sie und wirft mit einer ruckartigen Kopfbewegung ihre blonden Haare aus der Stirn.

» Ah... nein, ich nehm einen Wodka bitte. «

Claudia zündet die Kerze auf seinem Tisch an und mit einem » Kommt sofort. «, ist sie schon wieder unter dem Durchgang, in Richtung Bar verschwunden. Als sie kurze Zeit später mit seinem Wodka auf einem Tablett erscheint, kann er hinter der Bar Isa sehen.

Sie neigt sich leicht nach vorne, um ihn an seinem Tisch sehen zu können und lächelt in seine Richtung. Ralf lächelt gezwungen zurück und schaut dann zu Claudia mit ihren langen blonden Haaren. Sie stellt seinen Wodka auf einen Untersetzer und Ralf lächelt auch sie kurz an.

» Danke « Aber heute kommt kein Spruch über seine Lippen. Heute ist er ohne seine Freunde im havana und so wird es auch bleiben. Er wird nie mehr zusammen mit ihnen hier sitzen können.

Als Claudia sich zum Gehen wendet, kann er kurz ihr Tatoo über dem Steiß erkennen. Wenngleich sie auch hin und wieder an ihm vorbei geht, kommt doch kein weiteres Wort mehr von ihm. In den nächsten Stunden bestellt er noch weitere Getränke und darauf beschränkt sich seine ganze Konversation.

Zweimal hat Claudia seinen Ascher ausgetauscht und einmal eine neue Kerze gebracht. Aber außer einem

» Danke «, ist Ralf an diesem Abend kein Wort zu entlocken.

Isa schaut öfters zu ihm herüber, wenn sie drüben ihre Runden durch den sich langsam leerenden Raum dreht. Aber Ralf schaut nicht einmal in ihre Richtung.

» Wo sind denn Peter, Klaus und Sven heute Abend? « fragt sie Claudia, als diese eine neue Bestellung von Ralf bringt.

» Ich weiß nicht, Isa, irgendwie ist er seltsam heute. Er war doch noch nie alleine hier. Die Vier sind doch eine Clique, die immer nur zusammen hier aufgetaucht ist. «

» Irgendwas ist hier faul, Claudia. Hat er dir nichts gesagt, keine Andeutung gemacht oder so was? «

» Kein Wort, nichts hat er gesagt. Den ganzen Abend noch nicht. Du, bei Ralf drüben sitzen nur noch sechs Leute und hier noch elf, das schaff ich alleine. Willst du nicht mal zu ihm rüber gehen und sehen was mit ihm los ist? Zu dir hat er doch 'nen Draht. «

» Machst dir auch Gedanken Claudia, ist schon komisch wie er heute drauf ist? «

» Klar, selbst Kalli hat mich schon gefragt, was mit Ralf los ist. Was ist, machst du`s? «

» Weiß nicht, außer rumgeflachst haben wir noch nicht viel miteinander geredet. Hm – aber irgendwas ist heute mit ihm los. OK, ich geh kurz rüber, mal sehen ob er mit mir reden will. «

Isa kommt hinter der Bar vor und geht zum Durchgang.
Sie bleibt stehen und dreht sich noch einmal um. Als ihr Claudia und Kalli zunicken, dreht sie sich wieder um und geht zu Ralf an den Tisch.

124

» Darf ich mich kurz setzen, war ein anstrengender Tag heute? «, floskelt Isa, um Ralfs Reaktion auf ihre Anwesenheit zu testen. Ralf schaut abwesend zu ihr auf und nippt an seiner Cola.

» Sicher doch, nimm Platz «, ist seine nicht gerade erschöpfende Antwort.

» Ich will ja nicht neugierig sein, aber wo sind denn Sven, Peter und Klaus? Ihr kommt doch sonst immer zusammen hier an. «

Jetzt schaut Ralf zum ersten Mal in Isas Augen. Er sieht, wie sie ihre mittelblonden und schulterlangen Haare hinter die Ohren streicht.

Sie sieht, wie ihm die Tränen in die Augen steigen.

» Sie kommen nicht mehr, nie mehr «, ist Ralfs erstickte Antwort. Er kramt sein Taschentuch aus seiner Hosentasche und wischt sich, die nun fließenden Tränen aus dem Gesicht. Bestürzt und fragend schaut sie Ralf an, wissend, dass sie den Finger genau in die Wunde gelegt hat.

» Was – was ist denn los, habt ihr euch verkracht oder was ist passiert? «

Ralf schnäuzt sich die Nase und versucht seine Tränen zurückzuhalten. Seit gestern Abend hatte er genug Tränen vergossen und ihm waren die dummen Sprüche von nicht weinenden Männern so egal geworden. Er schämte sich auch jetzt nicht und peinlich, peinlich war es ihm auch nicht. Zu tief war seine Trauer, als sich um solch banale Dinge zu sorgen.

» Nein, wir haben uns nicht zerstritten «, sagt er etwas gefasster.

» Was ist dann passiert? «, hakt Isa nach. Sie ist erleichtert, dass sie ihn hat zum Reden bringen können.

» Sie sind tot. «

» Oh Gott. «

Die bisher noch neugierig, auf den mit seiner Trauer kämpfenden Ralf blickenden Gäste, sind verstummt.

Claudia, die das Geschehen vom Nebenraum aus beobachtet, schaut kurz nach den Gästen. Innerhalb weniger Minuten bringt sie Allen in Ralfs Nähe, nach Aufforderung, die Rechnung. Zehn Minuten später sitzen Isa und Ralf alleine.

» Das ist ja furchtbar – willst du darüber reden oder soll ich besser gehen? «

» Nein, bleib bitte, es tut gut zu reden. Ich muss reden, ich muss es jemandem erzählen. «

Isa schaut ihn besorgt an, während ihm erneut die Tränen über seine Wangen laufen.

» Lass dir Zeit «, sagt sie zu ihm, wissend welchen Schmerz er wohl zu bewältigen hat und welche tiefe Trauer sich gerade seiner Seele bemächtigt.

Sie selbst hatte in diesem Jahr ihre geliebte Oma verloren. Sie war an Gebärmutterkrebs erkrankt und die vielen Metastasen in ihrem Bauch waren inoperabel.

Die Ärzte hatten sie nach Hause geschickt und die Familie gebeten, ihr die verbleibende Zeit so angenehm wie möglich zu machen. Als sie dann zwei Monate später starb, brach für Isa eine kleine Welt zusammen.

Sie liebte ihre Oma abgöttisch. Mit ihr hatte sie über Dinge reden können, über die sie sonst mit niemandem sprach. Ihre Oma hatte immer ein offenes Ohr für sie. Und trotz des Generationsunterschiedes, hatte sie auch immer einen passenden Rat für ihr einziges Enkelkind. Jetzt war es November und seit der Beerdigung im Februar viel Zeit vergangen.

Aber Ralfs Schmerz und seine Trauer weckten die Erinnerung daran neu.

Mit ihm vor Augen fällt es ihr schwer, die eigenen Tränen ihrer Trauer und des Verständnisses für seinen Zustand zurück zu halten. Ralf sieht, dass ihre Augen vor Nässe zu glänzen beginnen.

» Verzeih Isa, ich will dich nicht mit meinem Zustand belasten, du musst nicht bleiben. «

» Nein, ist schon in Ordnung. Wenn du reden willst, hör ich gern zu. Ich musste nur gerade an meine Oma denken. Sie starb Anfang des Jahres und ich dachte daran, wie schwer es damals für mich war.

Aber seine Freunde zu verlieren und gleich drei auf einmal, das muss – furchtbar sein. «

Ralf und Isa schauen sich in die Augen. Beide haben sie Tränen in den Augen und Ralf beginnt zu erzählen.

» Sven ist nicht tot, er liegt im Koma. Aber die Ärzte geben ihm nur geringe Chancen. Seine inneren Verletzungen seien zu stark. Ich durfte heute nicht zu ihm. Zurzeit darf nur die Familie zu ihm. Er liegt noch auf Intensiv und die Untersuchungen sind noch immer nicht abgeschlossen. Aber Klaus und Peter sind tot. Sie waren sofort tot. «

» Wie ist es denn – passiert? « fragt Isa nach einer kurzen Erzählpause von Ralf, während sie noch mehr mit ihren Tränen zu kämpfen hat.

Claudia kommt an ihren Tisch, stellt wortlos zwei kleine Cola ab und nimmt Ralfs leeres Glas mit. Sie geht dabei absichtlich näher an Ralf heran, um beim Weggehen noch einen fragenden Blick auf Isa werfen zu können.

Isa sitzt mit dem Rücken zur Bar und so kann Claudia die ganze Zeit nur Ralfs Gesicht sehen.

Als Claudia die Tränen in Isas Augen sieht, schaut sie noch fragender und runzelt die Stirn.

Aber Isa schließt nur kurz und langsam die Augen nachdem sie Claudia angesehen hat und nickt fast unmerklich mit dem Kopf.

Claudia hat verstanden. Alles unter Kontrolle, mach dir keine Sorgen und stell keine Fragen. Kurz darauf ist sie wieder hinter der Bar verschwunden.

Ralf hat den Blickkontakt zu ihr gemieden. Jetzt setzt er seine Ausführungen, mit ab und zu versagender Stimme fort.

» Es war ein Autounfall, kurz vor Mannheim. Sie waren auf der rechten Spur hinter einem LKW, wollten die nächste Ausfahrt raus. Aber der Laster hinter ihnen – der Fahrer war eingepennt, er hat sie unter den LKW vor ihnen geschoben. Mit hundertzwanzig Sachen... «

Ralf schluchzt leise, als er sich den Moment der Panik vorstellt, die seine drei Freunde in diesem Augenblick erfasst haben musste.

» Klaus und Peter waren sofort tot, Sven saß hinten. Er hat es überlebt, bis jetzt. « Wieder steigen ihm Tränen in die Augen und rinnen ihm fließend über die Wangen.

» Und fast wäre ich auch dabei gewesen. «

Isa, die sich nun auch die Tränen aus den Augen wischt, schaut ihn nur fragend an.

» Wir wollten am Donnerstag zur Meisterschaft nach Mannheim. Wir sind – waren alle im Judoclub hier in Alzey. Drei von uns hatten gute Chancen auf 'nen Titel. Und wenn bei uns in der Firma nicht das Netzwerk zusammengebrochen wäre, hätte es mich auch erwischt. Ich hab Klaus noch angerufen und ihm gesagt, dass ich nachkomme, sobald ich die Computergeschichte repariert hab.

Bis zum Wettkampf war noch reichlich Zeit und nach eineinhalb Stunden war ich fertig. Ich bin natürlich sofort los. Meine Sachen waren ja alle schon bei Klaus im Auto. Aber bei Frankenthal war die Autobahn dann zu. Ich konnte nicht mehr runter und stand vier Stunden im Stau. Hab versucht sie über Handy zu erreichen... «

Wieder wischt sich Ralf die Tränen vom Gesicht.

Isa schaut ihn an, sieht seine rechte Hand auf dem Tisch liegen und legt behutsam ihre linke Hand auf seine. Nur mit dem sanften Druck ihrer Hand sagt sie ihm, dass er sich Zeit lassen soll. Dass sie ihn versteht und wenigstens einen Teil seines Schmerzes und seiner Trauer nachempfinden kann.

» Werner, der Vater von Klaus, hat mich dann angerufen. Er hat mir am Handy erzählt was geschehen war und mich gebeten vorbei zu kommen. Glaub mir, ich hab keine Ahnung wie ich wieder nach Alzey gekommen bin. Irgendwie ging es dann weiter und ich konnte die Abfahrt raus. Zwei Stunden später war ich da. Es war furchtbar. «

Wieder macht Ralf eine Pause, um sich die Tränen von Wangen und Kinn zu wischen.

Sascha schaut hinter der Bar hervor, wo er mit Claudia und Kalli beim Gläserspülen und Aufräumen ist. Es ist mittlerweile weit nach eins und nur noch eine Handvoll Gäste sind im havana. Sascha ist Michaels Partner im havana und hat heute die Nachtschicht. Er war die meiste Zeit in der Küche und wurde nun von Claudia über Ralfs seltsames Verhalten unterrichtet.

» Lasst Isa mal machen, die hat ein Händchen für solche Problemfälle «, sagt Sascha mit einem Blick auf seine Uhr. Aber mit ernstem Blick schaut er erneut zu den Beiden hinüber. » Möchte zu gern wissen, was dem armen Teufel so zusetzt. Er ist doch eher ´ne Frohnatur die nichts so leicht aus dem Gleichgewicht bringt. Hoffe er fängt sich wieder. «

131

Die Drei kümmern sich wieder um die übrigen Gäste und ihre Arbeit für den Rest des Abends.

Währenddessen versucht Isa an Ralfs Seele zu gelangen, um ihm zu helfen seinen Schmerz und seine Trauer zu verarbeiten. Sie schiebt ihre Hand unter die Seine, die noch immer auf der Tischplatte liegt. Dann nimmt sie seine Hand in die Ihre und drückt sanft zu, während ihr Daumen seinen Handrücken streichelt. Ralf schaut ihr wieder in die Augen und erwidert ihren sanften Händedruck.

» Danke, dass du das auf dich nimmst, Isa. Es tut gut mit jemandem zu reden, der nicht zur Familie gehört. Die Angehörigen sind alle mit ihrer eigenen Trauer beschäftigt. Und für jeden ist es gerade die schlimmste Phase seines Lebens. Als vor zehn Jahren mein Vater starb, wurde ich quasi zur Vollwaise und bei Werner und Karin fand ich eine Art Ersatzfamilie. Klaus und ich waren wie Brüder. Schon seit dem Kindergarten sind wir – waren wir unzertrennlich. Was haben wir alles zusammen erlebt, den Bund, 'nen Job in der gleichen Firma, den gemeinsamen Sport… Und nie hatten wir ernsthaften Krach. So eine Freundschaft gibt's auf der ganzen Welt nicht mehr… «

Ralf schluchzt und zieht seine Hand zurück um sich die Nase zu putzen.

132

» 'Tschuldige bitte, ich muss mal kurz «, sagt Ralf mit dem Blick an der Bar vorbei.

» Sicher «, lächelt Isa etwas gezwungen. Ralf steht auf und geht an der Bar vorbei in Richtung Toiletten. Kaum ist er durch die Tür neben der Bar verschwunden, kommt Claudia zu Isa an den Tisch.

» Mensch Isa, was ist denn los, ihr seht ja beide fix und fertig aus? « sprudelt es aus Claudia heraus. Aus ihr scheinen die Besorgnis von Sascha und Kalli genauso zu sprechen wie ihre Eigene. Als sie Isas Gesicht beim Servieren der letzten Cola sah, war ihre Sorge um beide gestiegen. Jetzt brauchte sie einfach Informationen, um das Gesehene deuten zu können und auch zu verstehen.

» Klaus und Peter sind tot. Sven liegt im Koma und bei ihm sieht es schlecht aus. Vorgestern Nachmittag. Der Unfall vor Mannheim, als die Autobahn für Stunden gesperrt war. Erinnerst du dich? «

Claudia nickt nur. Jetzt stehen auch ihr der Schrecken und das Unverständnis über diese Tragödie ins Gesicht geschrieben.

» Er weiß nicht mit wem er jetzt reden kann, all seine Freunde trauern und ihn hat's schwer erwischt. Gerade Klaus und er, dass muss was besonderes gewesen sein. Gebt

133

uns noch etwas Zeit und frag bitte Sascha, ob das in Ordnung geht, wenn ich noch ein wenig bei Ralf bleibe. Würdest du das machen? «

» Logisch, klar geht das in Ordnung «, antwortet Claudia und legt ihre Hand kurz auf Isas Schulter. Als Ralf wieder aus der Toilette kommt, steht Claudia schon an einem Tisch in Barnähe und räumt das Geschirr der letzten Gäste ab. Sie vermeidet es, in seine Richtung zu blicken. Auch Kalli und Sascha haben just in diesem Moment Flaschen ins Regal zu stellen oder etwas unter der Bar zu verstauen.

Ralf hat sich auf der Toilette seinen Tränen ergeben und so versucht, die schmerzende Trauer aus seinem Kopf zu waschen. Als er sich wieder gefangen hat, wäscht er sich kalt das Gesicht und trocknet es mit den Papiertüchern ab. Seine Augen sind stark gerötet und als er zu Isa an den Tisch kommt, weiß sie sofort, dass er hemmungslos geweint hat.

Ralf scheint das nicht im Mindesten zu stören. Er hat das Gefühl Isa schon lange zu kennen. Und das nicht nur aus dem havana. Während des Gesprächs hat er zu ihr ein besonderes Vertrauen gefasst. Sie scheint ihn zu verstehen, mehr als ein Freund, der nur eine Schulter zum Ausweinen anbieten will.

Bei Isa ist es irgendwie anders. Sie scheint tiefer in ihn blicken zu können, fast bis an die Quelle seiner Trauer. Ihre Augen scheinen ihm zu sagen: Ich verstehe dich.

Und Isa versteht ihn wirklich. Sie weiß genau, wann sie eine Frage stellen kann, um ihn aus den tieftraurigen Gedanken zu holen. Und sie weiß wann sie schweigen muss, um ihm die Möglichkeit zu geben, sich zu sammeln.

Als er sich setzt, finden ihre Hände wieder wortlos ineinander und der sanfte Kontakt gibt Ralf genügend Kraft, um seiner Trauer langsam Herr zu werden.

Sie sitzen so noch geraume Zeit und Ralf redet sich, mit Isas Unterstützung und aufrichtigem Verständnis, seinen ganzen Schmerz von der Seele. Als Ralf wieder genug Fassung gewonnen hat, um alleine in seine Singlewohnung zurückzukehren, ist der Feierabend im havana schon lange vorbei.

Kalli ist gegangen, nur Claudia und Sascha sind noch da, die sich ernsthafte Sorgen um Ralf machen. Ralf und Isa sind aufgestanden. Ihre Hände noch immer mit sanftem Druck ineinander verschlungen.

Isa löst ihre Hand aus der Seinen, um ihre Arme um ihn zu legen und ihn freundschaftlich fest zu umarmen.

Ralf erwidert die Umarmung nur zu gerne. Sie gibt ihm ein Gefühl von Wärme und Verständnis, was Balsam für seine verletzte Seele ist.

Ralf löst zaghaft die überaus angenehme Umarmung und geht zur Bar, um bei Claudia seine Rechnung zu bezahlen.

Zum ersten Mal für heute lächelt er ein wenig. Zu Isa gewandt, die jetzt neben Claudia steht, sagt er: » Ich möchte dir danken, dass du dir für mich Zeit genommen hast. Es hat mir – sehr geholfen. Hoffentlich bekommst du keinen Ärger, weil ich dich von deiner Arbeit abgehalten habe. «

Bei diesem Satz schaut er etwas verlegen zu Sascha, der ihn nur verständnisvoll anschaut und ihm die Hand entgegen streckt. » Es tut mir sehr Leid was da geschehen ist. «

Bevor Ralf geht, schaut er in Isas Augen. Ihr Blick spendet ihm Trost und ist zugleich wie eine warme und feste Umarmung.

» Ich danke euch «, sagt Ralf und wendet sich zum Gehen.

» Gute Nacht und lass dich wieder mal sehen «, ruft ihm Isa nach.

Mit einem Kopfnicken schaut er noch einmal zurück zur Bar, fasst an den weißen Türgriff und schiebt die Tür nach außen.

Die kühle Novemberluft hat ihn wieder. Er steht noch kurz vor dem beleuchteten havana, bevor er sich auf den Nach-hauseweg macht.

Ja, ich lass mich bestimmt wieder sehen, denkt er. Ich glaube ich habe heute etwas sehr wertvolles gefunden.

Es ist schon ein Ort geheimnisvoller Magie, diese

café bar havana…

havana-Ladys

Sehr reizvoll und hübsch anzuschauen,
ist jede von euch wahrhaft Schönen,
der Anblick solch bezaubernder Frauen,
taugt uns're Augen zu verwöhnen.

Mit Freundlichkeit von euch bedient,
bringt ihr uns so manches Getränk,
seid hoch geachtet und verdient,
dass man euch auch ein Lächeln schenkt.

Doch seid ihr mehr als nur Augenweide,

denn sitzt jemand traurig-allein an der Bar,

vertreibt ein Gespräch mit euch ihm das Leide,

ja, auch darin seid ihr wunderbar.

Will mich bedanken bei euch lieblichen Wesen,

für jedes Lächeln und jedes freundliche Wort,

ich bin so gern hier, im havana gewesen,

denn durch euch ist es ein magischer Ort.

Nimrodus

Bisher von Nimrodus erschienen:

Die verlorene Menschlichkeit

Lyrikband

ISBN-10: 3-8334-6178-0

ISBN-13: 978-3-8334-6178-1

Bist Du es ...?

Gedichtband (Liebesgedichte)

ISBN: 389906588-3

Der Bannwald

Eine Legende entsteht

1. Roman

Fantasyroman

ISBN-10: 3-8334-6177-2

ISBN-13: 978-3-8334-6177-4

Leseproben unter: www.nimrodus.de